CITYELFEN 1 - Katzenaugen

Von Ulrike Stern
www.cityelfen.com

1. Auflage

© *Ulrike Stern 2016*

Bibliografische Information der Deutschen National-bibliothek: Die Deutsche Nationalbibliothek verzeichnet diese Publikation in der Deutschen Nationalbibliografie; detaillierte bibliografische Daten sind im Internet über http://dnb.d-nb.de abrufbar.

Umschlagbild: Copyright by Ulrike J. Sabitzer
Illustration: Echo Media

Alle Rechte, auch das des auszugsweisen Nachdrucks, der auszugsweisen oder vollständigen Wiedergabe, der Speicherung in Datenverarbeitungsanlagen und der Übersetzung vorbehalten.

Herstellung und Verlag: BoD
Books on Demand, Norderstedt, Deutschland.

ISBN:9783743140479
Auch als E-Book und Hörbuch erhältlich

Ich widme diese Ausgabe aus ganzem Herzen meiner geliebten Mieze Panta-Resi, die nach 16 wunderschönen gemeinsamen Jahren, das Ende dieses Teils von oben inspiriert hat.

Darsteller

Caty A. (Ava) Gärtner

Ist eine Blondine mit langem Blondhaar, meergrünen Augen und gazellenhafter Figur. Sie hat zu 33,3% eine humanoide Genetik, 33,3% Elfengene und 33,3% Katzengene. Sie schreibt Elfenkrimis, die wahr werden bzw. gerade stattfinden und malt Elfenakte. Sie kann mit Pflanzen und mit Katzen sprechen und teleportiert sich über Pflanzen, genannt 'plantsurfing'. Sie ist auch noch Teilhaberin einer Internetplattform, die Talente von Menschen vernetzt (www.worldwoodweb.at) und auch Liebende matcht (liisalove). Die Plattform ist allerdings nur Tarnung für das eigentliche world-woodweb, einer Vernetzungsplattform der Elfen mit inspirierender Intelligenz liisa - u.a. Cyberelfe, um schneller Probleme von intergalaktischer Dimension zu lösen. Caty ist (fast) menschliches Bindeglied zwischen Menschen, Elfen und Tieren. Im Rahmen des K9elf (Kobra9elf) einem Spezialkommando der LPA (Little People Army) löst Caty mit der Elfengang Kriminalfälle, bei denen wertvolle Artefakte eine Rolle spielen. Sie lebt in Wien-Neuwaldegg, am Goldregenweg 9. Dort ist auch die österreichische Zentrale der LPA.

LPA - Little People Army

Diese etwas andere Armee ist Teil der Zivilisation der Little People. Eine der 24 Ältesten Zivilisationen im Universum. Seit vielen Jahrhunderten bekannt als Elfen, Feen, Zwerge, Naturwesen aller Art. Sie haben auf der Erde die gesamte Flora und Fauna, das

Mineralreich und die Tierwelt kreiert. Sie sind die Wächter und Engel der Natur. Außerdem sind sie die Alchemisten des Universums und für die Mischung aller Farben die es gibt zuständig. Es gab eine Zeit, in der Menschen und Naturwesen in harmonischem Miteinander lebten. Doch das ist lange her. Die Rhythmen der Natur kennen heutzutage nur noch indigene Stämme. Planet Erde war als das Paradies des gesamten Universums gedacht, wo jede Spezies, die existiert, vertreten ist. Als 'kleines Extra' wurde die menschliche Spezies mit dem Freien Willen ausgestattet. Was zu einigen Komplikationen führte...die LPA haben verschiedene Außenstellen wie z.b. in Schottland (bei Findhorn), Italien (bei Turin), Los Angeles (Sunken Gardens), Österreich (Wien), Israel (Megiddo), Ägypten (Kairo), Schweiz (Nockberge)/Liechtenstein, Maui (MT. Pelé), Australien (Ayers Rock), Tibet (Takla Makan Wüste), Südafrika (Waterfall Haven), Vanuatu (Spirito Sancto), Bermudadreieck (Pyramide unter Wasser), Yucatan (unter Pyramide) und natürlich Island. Die K9elf (Kobraneunelf) ist eine Spezialabteilung der LPA, die sich mit der Wiederbeschaffung von wertvollen Artefakten der Elfen beschäftigt. Die Schatzjäger der Elfen. Boss ist Sir Lionel H. Rich, Cousin des Zwergenkönigs. Wie Charlie bei 'Drei Engel für Charlie'. Nur sind seine Engel echt, nämlich Merliste, Fairymatrix und liisa. Als Extra gibt's Caty und Kater Elvis G.

Lionel H. Rich

Lionel ist wohl der reichste Zwerg auf dem Planeten, der Onassis der Zwergenwelt. Er ist ein äußerst smarter Zwerg und u.a. Herausgeber des Magazines „Fortunate" . Lionel trägt immer maßgeschneiderte

Nadelstreifenanzüge mit Original-Tannennadeln und dazu sein rotweissgetupftes Lieblingshemd. Er ist auch mit Abstand der eleganteste Zwerg. Er hat kinnlanges angegrautes Haar und sieht für einen Zwerg höchst smart aus.. Er ist Leiter des K9elf Kommandos und ziemlich schlau. Er lebt in den Baumkronen einer uralten Eiche, auch sehr untypisch für einen Zwerg, denn die bodenständigen Zwerge leben vorzugsweise in den Wurzeln der Bäume. Doch Lionel liebt die Inspiration und Weite des Himmels, kann er doch auf dem Regenbogen-Laserstrahl beliebig reisen. Lionels Ur-Ur-Urgroßvater war nämlich d e r erste Leprechaun, der Hüter des Topfes mit Gold am Ende des Regenbogens. Lionel ist der Hüter des Topfes mit Gold in diesem Zeitalter. Der Topf finanziert auch die Einsätze der LPA. Als Zwerg ist man naturgemäß schon ein hervorragender Stratege beim Einsatz der Bodentruppen. Die Richs' sind auch Hüter der Bodenschätze und hier liegt es sehr im Argen. Denn die Menschen beuten ganze Berge aus, ohne eine Absprache mit den ansäßigen Gnomen zu machen. Deshalb sind die Gnome sehr, sehr böse auf die Spezies Mensch. Lionel hat alle Hände voll zu tun, die Gnome zu beruhigen, damit sie das Projekt „Elfen und Menschen in Einheit" nicht gefährdeten. Denn wenn sie wollten, könnten sie die Menschheit in ein paar Minuten auslöschen. Ein kleines Erdbeben an ein paar wichtigen Knotenpunkten, z.B. an den tektonischen Platten und die Spezies Mensch hätte Naturgewalten am Hals, die ein unvorstellbares Ausmaß annehmen konnten. Lionel sitzt gerne auf seiner Chesterfield-Moos-Couch und raucht am liebsten seine Singlemalt-Blätterzigarren. Das sind in Singlemalt-Whiskey eingelegte Blätter, die getrocknet und dann zu Zigarren gerollt werden. Der Wert einer Cohiba ist nichts gegen diese Spezialzigarre. Der Whiskey lagerte Jahrhunderte... Denis Hops, der

Grashüpfer ist Lionels Berater in Quantenfragen. Denis ist in Liebelle verliebt. Lionel lebt, wie es sich für einen reichen Zwerg gehört, natürlich in der Schweiz. Auch um die Vorgänge der Staccarsi in CORN im Auge zu behalten..

Merliste

Merliste ist eine Liebesfee, wie sie im Buche steht. Sie ist die Urenkelin von niemandem Geringeren als dem Druiden Merlin und seiner Geliebten Morgan LeFay, der Zauberin vom See. Aus einer Epoche, in der Zauberer und Naturwesen noch in der Gesellschaft integriert waren. Aber zu Zeiten des Merlins befand man sich gerade in einer Übergangszeit, in der die Elfen und Feen zu verschwinden begannen und sich in lichtere Gefilde zurückzogen. Merlin war übrigens kein Name sondern ein Titel, nämlich der des Oberdruiden von Britannien. Druiden waren sozusagen die Oberbosse im Umgang mit den Weisheiten der Natur. Als Erbin des letzten Merlin von Britannien und Morgan LeFay seiner großen Liebe, entsprang die Urgroßmutter von Merliste. Deshalb verfügt Merliste u.a. über das uralte Rezept des Liebestranks, das der Merlin, sein richtiger Name war übrigens John, für Guinevere gemischt hatte, um Artus rumzukriegen, was übrigens gar nicht notwendig gewesen wäre...Sie ist auch die Erfinderin der Sexbomben-Badebombe. Trotz ihrer ätherischen Ausstrahlung, wie ihr euch denken könnt, ist Merliste auch die Hüterin einer speziellen weiblichen Kraft. Es ist die Macht der Magierin, die allen Frauen innewohnt, jedoch bei den meisten schlummert. In Wahrheit stützt sich die Kraft der Frau auf die Magie, die sie freisetzen kann. Ein Erbe von Morgan LeFay... Liebelle ist Merlistes Liebellenfreundin. Die Liebellen sind die Eskorte von Merliste und Überbringer von Liebesbotschaften. Und der Frosch Prince ist Merlistes Sekretär. Er klebt die Liebespost so toll mit seiner Zunge zu...und wer weiß, vielleicht ist er ein verhexter Prinz...

Elvis G.

Elvis G. ist Catys schwarzer Kater. Eigentlich ist er der verhexte Giacomo Casanova, der legendäre Frauenflüsterer aus dem alten Venedig. Er hatte es sich mit einer schönen Rothaarigen verscherzt. Die holde Schöne hatte gar kein Verständnis für den Umstand, dass sie Nr. 13 in der Riege von Giacomos Herzdamen war. Sehr zum Bedauern Giacomos handelte es sich bei Nr. 13 um eine Hexe. Und wie Hexen nunmal sind, verwandelte sie den Guten in einen schwarzen Kater. Merliste, die seinem menschlichen Charme ebenfalls erlegen war, nahm sich seiner an und rettete ihn vor der Kastration. Hatte es aber nicht sonderlich eilig ihn zurück zuverwandeln. Denn als schwarzer Kater war er erheblich stressfreier zu handeln als dieser Weiberheld. In seinem Katzenkörper verfügt er über die Fähigkeit der Kommunikation mit allen Spezies. Das macht ihn zu einem begehrten Interspecies-Communi*cat*or. In dieser Funktion traf er auch mal auf den herumwandernden Geist des King of Rock, dem legendären Elvis. Seither wähnt er sich auch des Singens mächtig und nennt sich ‚Elvis G., the rocking charming cat'. Er lebt jetzt bei Caty ist verliebt in **Mieze Delphi**, eine echte Orakelkatze. Das Ergebnis dieser Liebe ist **Mieze Panta Resi** Nofretete, kurz Resi.

Fairymatrix

Fairymatrix ist eine Bodyguard-Elfe. Sie ist eine tibetische Elfe und hat den purpurnen-Gürtel. Sie betreibt ein Fitness-Studio für Elfen in Beverly Hills. Am liebsten sitzt sie auf den Hollywoodbuchstaben im

Griffith Park und blickt über die Stadt. Sie lernt den Elfen diverse Kampfsportarten und entwickelte eigens dafür den sogenannten „Lucky-Leather-Dress". Ein spezieller rosa Kampf-Suit, der auf Knopfdruck bestimmte Hormone wie Serotonin, Melatonin oder Testosteron ausstoßen kann. Seit dem Auftauchen der Klon-Armee war es notwendig, die Elfen besser in Kampfsporttechniken auszubilden. Fairymatrix hatte schon zur Zeit des Gelben Kaisers die Elfen trainiert, als dieser die Weisheit von Tibet schätzte, anstatt sie wie jetzt zu versklaven. Tibet ist zudem der Mikrokosmos von Güte auf diesem Planeten. Sie ist eine gute Freundin des Dalai Lama. Fairymatrix leitet das LA-LPAD in Los Angeles mit Sitz in Sunken Gardens. So nebenbei ist sie auch die angesagteste Modedesignerin der Elfen, ihr 'milifairy-look' ist kultverdächtig. Sie kennt auch Kultregisseur Aaron Spellberg.

Liisa Leuchtenstein

Liisa ist eine wunderschöne platinblonde Elfe mit paraibablauen Augen. Sie hat eine gewisse Ähnlichkeit mit Marilyn Monroe. Liisa ist 'die' Selbstwertelfe in diesem Universum. Was glaubt ihr wer den Spruch 'weil ich's mir wert bin' inspiriert hat...sie ist die Hüterin der Kristalle und war schon in Atlantis eine Koryphäe in Sachen Kristallheilung. Sie kann sich in das Internet einklinken und hat mit Cybille das world-wood-web kreiert. Sie hat auch Robin Holzer inspiriert. Sie arbeitet mit Cybille zusammen, der besten Hackerin der Elfen und Leiterin der CYA, der Cyberagents. Liisa ist auch Herausgeberin eines Stylemagazins für Elfen namens 'Vanity Fairy'. Sie ist die Elfenschwester von Caty. Die beiden sehen sich ziemlich ähnlich. Mit Unterschied der Augenfarbe. Sie hat Caty auch zu dem Liebesportal 'liisalove' inspiriert. Liisa leitet auch das UCD (Universal Creativity Department) das für universelle

Inspirationsvergabe verantwortlich ist. Sie ist auch verwandt mit der Elfenkönigin Galatea von Leuchtenstein.

Ul'i

Sie ist eine hawaiianische Elfe und Urenkelin der Vulkangöttin Pelé. Sie hat die längsten Beine aller Elfen und langes braunschwarzes Haar sowie natürlich braune Mandelaugen. Doch wenn sie zornig ist sprühen aus ihrer Aura Funken und ihre Augen glühen wie Lava. Dann rette sich wer kann...sie repräsentiert auch die leidenschaftliche kraftvolle Energie des Weiblichen. Doch nicht nur das Feuer obliegt dieser Elfe, sondern sie liebt auch das Meer. Sie ist die beste Surferin der Elfen und mit ihrem Feuerboard legendär. Ihre besten Freunde sind die beiden Delfine Aloha und Mahalo. Sie arbeitet mit den Meerjungfrauen (Arizaden) zusammen, die die Engel der Meere sind und Resultate der Klonexperimente der Atlanter. Die Delphine und Wale sind die am höchsten entwickelte Spezies auf diesem Planeten und kommunizieren direkt über ihre Sonare mit der Kosmischen Föderation. Sie ist oberste Hohepriesterin der Menehune, den Little People von Hawaii. Aloha.

Robin Holzer

Robin, auch genannt Rob ist der smarte Besitzer des Medienimperiums Aeon-Media Corporation. Er ist ein interessanter Typ mit dunkelbraunen Locken und grünbraunen Augen, die einem diejenigen von George Clooney vergessen lassen. Das UCD (Universal Creativity Department) hat ihn dazu auserkoren, mit einer Idee inspiriert zu werden. Nämlich mit der Erfindung des world-wood-web. Hier werden für die Erde sinnvolle Potenziale von Menschen eingesammelt und mittels einer kreativen Intelligenz namens liisa vernetzt. Ein Segen für die schlummernden Potenziale der Menschheit. Wie intelligent liisa tatsächlich ist, ahnen allerdings nur wenige. Denn mithilfe des wood-interfaces betreiben und nutzen die CYA, die Cyber-Agents der LPA ihr eigenes Intranet. Es handelt sich ebenfalls um das world-wood-web, allerdings für Elfen, Zwerge, etc. Robin ahnt von diesem Subnetz nichts. Was Rob noch nicht weiß ist, dass er auch ein sogenanntes „Ahnenkarma" hat. Er wurde nicht zufällig inspiriert, denn sein Urahne war der legendäre Robin Hood aus dem Sherwood Forrest. Der hatte auch schon seinerzeit Vermögen umverteilt und hieß eigentlich Robin Wood, doch ein Schreiber machte mal einen Fehler und schon hieß der legendäre Held Hood statt Wood. Lost in Translation sozusagen.

Jakob Salomo Leuchtenstein (engl: Sparclestone)

Jakob ist der Gandalf unter den Elfen. Er ist in dieser Inkarnation als Israeli geboren und hat in der Geschichte der Menschheit schon viele bedeutende Rollen gespielt (auch viele unbedeutende...). Jakob hat auch zur Hälfte Elfengene in sich und ist ein Leuchtenstein. Er ist sehr geschätzt bei den Elfen, denn er hat große Heilfähigkeiten und kann die Heilschwingung von 8 Hertz mit seinen Händen erzeugen und sogar auf Wasser übertragen. Sogenanntes Elfenwasser. Es hilft sowohl Mensch als auch Elf oder Zwerg über so manches Wehwehchen hinweg. Er sieht aus wie eine Mischung aus Käpt'n Iglo und Moses. Seine Heilarbeit ist sehr wichtig, denn er kann die Menschen von Angst befreien, welche die Ursache allen Übels ist und die Menschen im Sumpf der Dichte gefangen hält. Jakobs Falke Hawky warnt immer, wenn Gefahr droht.

Weiteres Team der LPA:

Violet Pistols: der Veilchenduft ist wie Salzsäure für die No-Hearts, die Gnomklonarmee von Monsteranto. Die glock9elf ist eine spezielle Veilchenpistole, entwickelt von den Glockenblumenelfen. Duft und Sound (8Hertz Soundwave) transformieren die No-Hearts Pestizide und die 'Waffen' können Veilchentattoos aufs Auge schleudern. Daher kommt ursprünglich der Begriff ‚Veilchen'.

Kichererbsengang: Schleudert Kicherkugeln und kichert - eine Qual für No-Hearts.

Pomme Granates: ein Schrapnell der anderen Art, infizieren mit Leichtigkeit ...Gift für No-Hearts, sie verlieren die Bodenhaftung und fliegen orientierungslos herum.

Mistelmiliz: reinigt Plätze, die von den No-Hearts verwüstet wurden. Reaktiviert von den No-Hearts gecuttete Kraftlinien.

Furzelseppis: Ihr könnt euch vorstellen welchen Duft sie verströmen...ist auch für Elfen unangenehm. Doch sie sind auch der beste Bodentrupp der LPA. Sie sind sehr stark und an sich sehr lustig, wobei ihr Humor immer etwas schlüpfrig ist. Sie furzen eine Vernebelungswolke bevor sie angreifen und narkotisieren ihren Gegner. Sie arbeiten vorzugsweise mit den Stinktieren zusammen (**stinky-pinkies**). Liefern auch wertvollen Furzelstrom und Dünger.

CYA: die Cyberagents der Elfen. Cybille ist Leiterin der CYA und Superhackerin.

Gideon Salomo: Leiter der Elfen-SWAT-Teams in Nahost. Ehemaliger Mossadagent. Neffe von Jakob Salomo-Leuchtenstein.

Liebellen - die Liebesboten der Merliste und die besten Kampfflieger der Elfen.

Prince - süßer Frosch und verhexter Prinz natürlich...klebt die Liebespostkuverts zu.

Denis Hops - der cleverste Grashüpfer ever. Quantensprünge garantiert. Chefredakteur des ‚Fortunate'.

Das Ratpack: die Ratten Frankie, Dean und Sammy jr. sind die singenden Informanten der LPA und treiben sich in Nachtclubs in Vegas herum. Haben ein leichtes Absynthproblem...

Poppies & hampty-dempties: die Mohnblumen- und die Hanfelfen brauen so manches Narkotikum zusammen - Suchtgefahr!

Die grüne Fee - Absynthia: braut so manches Gebräu, u.a. eine Wahrheitsdroge und das beliebtestes Suchtmittel der Elfen - Absynth.

Bloody Mary's: die Roten Rüben-Elfen liefern wertvolle Blutkonserven, wenn Elfen verletzt sind. Der Saft dient als wertvolles Ersatzblut. Auch als Katergetränk sehr zu empfehlen...

Alistair McCrow: eine dubiose Krähe und Späher der LPA. Treibt sich auf Friedhöfen herum. Ursprünglich eine Klonkrähe von Monsteranto. War aber nicht böse genug und konnte von Elvis G. abgeworben werden, anstatt ihn zu verspeisen als er verletzt war.

Hat etwas bizarren Humor. Ist ein Wandler zwischen den Welten der Menschen, Elfen und Dämonen.

Der Regenwaldmann: Sein Körper ist aus Holz und er hat nur noch ein Bein, der Rest wurde schon abgeholzt!

Happy Nessi: besser bekannt als Ungeheuer von Loch Ness. Doch in Wahrheit ein sehr lustiger Drache. Treibt oft Scherze mit Touristen. Fungiert als U-Boot der LPA.

Kohinoor: Der Sprecher der Kristallschädel und Artefakt der Templer und der LPA.

Prof. **Grigori Romanov**: Er ist der Mr. Q der Elfen. Der Russe ist Nachfahre des legendären Rasputin und genialster Erfinder von High Tech Equipment. Er leitet das Lab Elf in Sunken Gardens in L.A. Übrigens, er hat genetisch etwas mit Präsident Putin gemeinsam....Nomen est Omen. Man munkelt er sei Rasputin himself.

Die Kosmische Föderation - Der Rat

Diese höchste Vereinigung von 24 Ältesten Zivilisationen regelt die Geschicke des gesamten Universums. Wobei höchste nicht hierarchisch gemeint ist, denn Hierarchie gibt es nicht mehr im Sinne unserer menschlichen Bedeutung. Die Zivilisation der 'Little People' ist eine dieser 24 Zivilisationen. Vertreten durch Zwergenkönig Albert Rich und Elbenkönigin Galatea von Leuchtenstein. Die 24 Ältesten sind verbunden mit ‚dem Rat, in der Bibel als Elohim bezeichnet. Sie sind das Bindeglied zur Obersten Schöpfung und die Balancekraft des Universums. Diese Quelle entsteht und besteht aus purem Frieden bzw. Liebe. Planet Erde wurde als einziger Planet mit dem Freien Willen ausgestattet und sollte das Paradies des Universums sein. Tja, es lief einiges schief....das 7. Siegel wurde bereits geöffnet. Es liegt am Freien Willen der Menschheit, ob sie sich selber zerstört oder beim Klang der letzten Posaune, der ein Goldenes Zeitalter einleiten wird, dabei sein wird. Denn die Gesamtzerstörung des Planeten Erde würde nicht passieren. Wie sanft dieser Übergang sein würde, liegt in den Händen der Menschen. Das erforderte viel Mut, Verantwortung, Güte und Frieden im Herzen. Die Energie auf der Erde ist wie Treibsand und erschwerte die Transformation. Wir befinden uns mitten in der Schlacht von Armageddon, die in den Sphären über Megiddo in Israel stattfindet. Dies ist der kraftvollste Platz, denn dort stand einst der Altar von König Salomo und das Buch der 7 Siegel wurde dort gehortet. Die weissen Tauben sind die Boten des Rates, ebenso die Falken.

Staccarsi di Luce

Die Abgespaltenen des Lichts sind der Gegenpol zum Leben. Sie haben die Energien des Universums verstanden und nutzen sie, um die Spezies Mensch unter Kontrolle zu halten, sodass die Seelen nicht frei sein und ihre Bestimmung erfüllen können. Der Planet Erde eignet sich durch die Dichte am besten als Sklavenplanet. Die Staccarsi haben das schlimmste Sakrileg begangen, nämlich in Konkurrenz zu Gott zu treten. Sie sind die Regelbrecher des Universums und halten sich an keinerlei kosmischen Gesetze. Sie ernannten sich selber zu Göttern und haben auch ihre eigene Armee der gefallenen Engel. Ihr Oberster Boss ist ein gefallener Engel, dessen Namen wir nicht aussprechen wollen, denn das alleine erzeugt schon ungute Energie. Er ist die Versuchung schlechthin. Doch er ist nicht das Gegenteil der Schöpfung, wie so manche behaupten. Er hat nicht diese Macht. Doch hat er mehr Macht generiert als der Rat gedacht hatte, das bedurfte einer Korrektur...das Werkzeug des Unbalancierten Negativen sind die Staccarsi di Luce - die Abgespaltenen des Lichts. Sie arbeiteten mit den Gefühlen der Angst, der Gier, des Hasses und der Ignoranz. Sie haben über die Jahrtausende ihre Heerscharen des Schreckens ausgeschickt, um die Seelen zu knechten. Sie haben die Menschheit soweit getrieben, dass sogar das 7. Siegel geöffnet wurde. Und jetzt befinden sie sich mitten in der Schlacht zwischen Gut und Böse, bekannt als Schlacht von Armageddon. Und sie sind viele...es ist die gefährlichste Zeit für die Seelen der Menschheit...die Zeit der Entscheidung. Die Krähen sind die Boten der Staccarsi. Das Wappentier ist der Pfau.

Henry de Rothmans

Er ist der Großmeister der Staccarsi di Luce. Der Franzose war einstmals König Henry IV von Frankreich. Er ließ damals die gesamten Tempelritter aus Hass und Gier auf dem Scheiterhaufen verbrennen. An besagtem Freitag, den 13. Darunter befand sich auch Jacques de Molay, der Großmeister der Templer und hochgeachtetes Mitglied der LPA. Es war ein harter Schlag gegen die Elfen. Er ist der Erzfeind von Jakob Salomo. Henry hat auch eine Vergangenheit mit Caty...er ist ein attraktiver Mann Anfang Fünfzig mit grauen Schläfen. Doch hatte die Gier nach Macht und Reichtum seinen blauen Augen einen kalten Glanz verliehen. Er ist Vorsitzender des größten und mächtigsten Bankhauses, nämlich de Rothmans Brothers. Ein Urahne hatte das Bankensystem samt Zinssystem erfunden. Henrys Familie besitzt Amerika. Den de Rothmans gelang es, dem amerikanischen Staat die Möglichkeit wegzunehmen, selbst Geld zu drucken. Die Drahtzieher des Geldsystems kontrollieren alle Regierungen. Ziel: durch künstliche Verknappung des

Geldes für die Masse der Menschen, sollte das Gefühl des Mangels erzeugt werden und so die Abspaltung der Einzelnen von ihrer göttlichen Quelle, denn die war Fülle. Projekt: gelungen. Die Angst herrschte. Sein Herz fühlt er nahezu nicht mehr. Er hat seine Seele voll und ganz der Finsternis verschrieben. Nur Eine bringt sein Blut auch heute noch in Wallung und lässt das Licht seiner Seele ab und zu leuchten...Caty A. Gärtner.

Omar abdel Verrad

Die Nr. 2 der Staccarsi. Er leitet die Nahostabteilung und entstammt einer wohlhabenden Saudischen Familie die seit vielen Jahrhunderten dem Bösen dient. Omar hat etwas Ähnlichkeit mit dem Schauspieler Omar Sharif, jedoch nicht dessen gute Augen. Omars Augen sind fast schwarz und das Böse glitzert in ihnen. Jeder merkte es. Omar kannte keine Gnade. Er war nur einmal schwach geworden bei Königin Nefertari seinerzeit. Doch er hatte sich gerächt. Omars Clan finanziert seit Jahrtausenden die Terroristen dieser Welt, zettelt Kriege und Verderben an. Der Begriff Fanatismus bekommt bei Omar eine neue Dimension. Er ist natürlich im Ölgeschäft und auch Waffenhandel ist sein daily Business.

Lucille van der Guilt

Lucille auch genannt ‚The Poison Pill', leitet die wichtigsten Pharmaunternehmen der Staccarsi, nämlich Monsteranto Gen.Corp. und Toxitec. Sie sieht völlig harmlos aus. Wie eine ältere Dame mit grauem Haar, die kein Wässerchen trüben kann. Wie die nette Omi von nebenan. Was eine dramatische Fehleinschätzung wäre. Sie ist brandgefährlich. Sie hat die beste Tarnung von Allen.

Monsteranto

Monsteranto, nomen est omen, ist leider auch in Sachen Kloning Vorreiter und klont die größte Armee der Dunkelheit, die No-Hearts. Dies sind Gnome ohne Herz, die Energien von Angst und Schrecken im Unterholz verbreiten. Die Antithese zu den Elfen sozusagen. Monsteranto entwickelt über Toxitec auch aggressive Arten, wie z.B. die Toxifolia, eine Schlingpflanze, die natürliche Arten ausrottet und so das Gleichgewicht zerstört. Lucille, mixt auch immer wieder aus geklonten Aggressorpflanzen giftige Pillen zusammen, die die Menschen abhängig und depressiv machen. Parasiten sind ihr Spezialgebiet. Toxoplasma condii funktioniert perfekt. Ihr Spitzname ist auch Lucille, the Poison Pill. Sie ist die Nr. 3 der Staccarsi di Luce, den Losgelösten vom Licht. Monsteranto und Co. sind die größten Feinde der LPA, denn ihre Handlanger sitzen in den mächtigsten Sesseln dieses Planeten. Außerdem werden die HAARP Anlagen von Monsteranto gemanaged. Damit wird Wetter gemacht und an die Meistbietenden verkauft. Der Handel mit Niederfrequenzen boomt ebenfalls. Ganz zu schweigen von der Drohnenindustrie. Die kann das Überwachungsbiz total revolutionieren. Außerdem kann man die Drohnen bereits perfekt programmieren. Sie sind das Killerkommando der Zukunft. Ebenso die Polymerspinnen, ihre Giftfäden zieren jetzt schon die Natur. Oft mit Spinnweben verwechselt, doch wenn sie schillern, dann ist es Polymerweb. Und nicht zu vergessen die Saatgutkontrolle, wer ständig diese Nahrungsmittel isst wird zum leicht manipulierbaren Zombie.

CORN Darknet

Wie im wood-web gibt es auch bei CORN ein Intranet. Allerdings ist es das Darknet und darin bewegen sich ein Haufen Cyberklons. Hacker der anderen Art. Sie alle hassen CYbille. Es gibt auch bei CORN eine kleine Gruppe von 6 Wissenschaftlern die in das eigentliche Ziel des Internets und des LHCs eingeweiht sind. Der Large Hadron Collider soll nämlich das Tor zur Dämonenwelt öffnen. Die Öffnung steht kurz bevor. Die Experimente laufen gut. Die Statue der Zerstörerin Kali ist ja auch das Maskottchen des Konzerns und prangt vor dem Gebäude.

Toni Krachkörndl

Er ist der Bodyguard einer reichen Pharmaerbin.. Er ist total ahnungslos über die Machenschaften seiner Chefin und auch von Caty. Er sieht aus wie Marlboro Man und die meisten Frauen finden ihn sexy. Er wohnt fast neben Caty in Neuwaldegg. Er trifft oft auf Caty in der Bäckerei und ist ihr Frühstückskomplize. Er macht sich immer lustig über sie und ihre Elfengeschichten. Aber in Wahrheit ist er heimlich in sie verliebt, ärgert sich aber maßlos über diesen Umstand und verhält sich deshalb wie ein Vollidiot. Dazu muss man sagen, dass sein Ururgroßvater der Oberbefehlshaber der Furzelseppis war....Tja, so benimmt er sich auch....man konnte nur für ihn beten...Grummelfurzgenetik. Er bringt Caty jedoch wie keiner zum Lachen und sie hofft, dass er bald den Weg zu den LPA, auch in seinem Interesse findet. Sie brauchte wohl ohnehin bald einen Bodyguard...

Teil 1 –

KATZENAUGEN

VORWORT

Unendliche Weiten entfernt.......

Etwas weiter entfernt, nämlich einige Millionen Lichtjahre, fand gerade ein Meeting statt. Sämtliche Oberhäupter verschiedenster Zivilisationen trafen heute zusammen, um zu beraten, ob überhaupt und wenn ja, wie man das Projekt „Erde" wieder ins Gleichgewicht bringen konnte. Der Planet Erde war an einem kritischen Punkt. Die Schlacht von Armageddon tobte und die Erde war zeitlich im Verzug. Nämlich einige tausende Jahre, um es genau zu sagen. Einige Sachen waren schief gegangen, man hatte diese unglaubliche Dichte, die diesem Planeten eigen war unterschätzt, und der Test des Freien Willens machte es noch schwieriger. Das war schon eine gewagte Kombination. Aber wenn es im gesamten Universum funktionieren sollte, dann testete man es schlauerweise unter den schwierigsten Bedingungen – auf der Erde. Die Dichte der dreidimensionalen Wirklichkeit gab den Seelen solch eine extrem starke Illusion der Wirklichkeit, dass sie es für total real hielten. Noch verstärkt durch die Möglichkeit der sinnlichen Wahrnehmung und der Emotionen. Ein Cocktail der selbst für hochentwickelte Seelen wie Treibsand wirkte. Man hatte auch das Vergnügen, das Sex für die Menschen bedeuten würde, fatal unterschätzt. Gedacht als Mittel, die völlige Einheit mit der Schöpfung zu erreichen, war es auf ein nahezu animalisches Niveau abgesackt.

Doch zurück zum Freien Willen. Dazu hatte man alle Spezies, die es im gesamten Universum gab, auf diesem Planeten angesiedelt, um zu sehen, welche es dort schaffen. ‚If you can make it there, you make it anywhere' sozusagen…Dieser Planet hatte jedoch für einige unangenehme Überraschungen gesorgt. Viele Agenten der Föderation hatten durch ständige nicht geplante Reinkarnationen ihr Erinnerungsvermögen vollends gelöscht und konnten ihre Aufgabe nur minimal bis gar nicht mehr erfüllen. Mit nicht geplanter Inkarnation ist gemeint, durch Verstrickungen und Karma verursachte Reinkarnation. Man hatte niemals gedacht, dass die Versuchungen der körperlichen Sensationen so groß sein würden. Nicht mal annähernd. Denn Armageddon hätte schon vor mehr als 1000 Jahren stattfinden sollen. Normalerweise ist Zeit hier nicht das Problem, doch da dieser Planet ja noch dazu ein Mikrokosmos der Spezies ist, kann man ihn nicht einfach als misslungen abschreiben. Dafür hatte die Konföderation schon zuviel an Arbeit investiert. Außerdem machten einige Oberhäupter ab und zu gern Ausflüge auf die Erde. Nur um besser zu verstehen wie das mit dem Körper wirklich ist natürlich…Allerdings mit all ihrem Wissen und all ihren Fähigkeiten. Was das Leben gleich mal anders macht. Stell dir vor, du kannst dich überall hinteleportieren, du kannst alles in einer Sekunde manifestieren, ….um nur zwei Dinge zu nennen. Zeus hatte es bis zum Exzess ausprobiert…Allerdings gab es eine kleine Geheimabteilung, welche die Aufräumarbeit dieser kleinen Urlaube machen musste…Also kurzum, man würde diesen kleinen Planeten nicht einfach so fallen lassen. Außer die Menschen trieben es auf die Spitze und würden versuchen den ganzen Planeten zu zerstören. Was sie allerdings schon ziemlich gut drauf hatten.

Fremdartige faszinierende Wesenheiten betraten den Raum und nahmen Platz. So hatte man gerade eben beschlossen, diesen Planeten Erde doch noch eine letzte Chance zu geben und Salomos Code Purple auszurufen. Das würde einige Dinge da unten in Bewegung bringen. Allen voran musste die weibliche Energie wieder ihre wahre Macht zurückbekommen. Das startete mit den

Smaragden der 'Bastet'. Den Vorsitz zu diesem Projekt hatten diesmal in trauter Zweisamkeit die Königin der Elfen Galatea von Leuchtenstein und der König der Zwerge Albert Rich. Die Oberhäupter der Zivilisation der 'Little People'. Denn das Projekt „Bastet" fiel in ihren Zuständigkeitsbereich. Es ging hierbei schlichtweg darum, das Weibliche Element auf dem Planeten Erde wieder zu stärken. Was an sich schon paradox war, denn der Planet war das Weibliche Element der Schöpfung. Aber auch das hatten die Verkleideten verschwiegen und in ihren Hallen gebunkert. Man hatte hier keinen respektlosen Ton, mit Verkleideten meinte man die Kirchenväter.

Die Königin der Elben war wunderschön, auch im menschlichen Sinne. Sie hatte eine humanoide Gestalt und auch die Größe einer kleinen Menschenfrau. Nur die Ohren waren oben spitz. Ihr Haar war sehr lang und schneeweiss und ihre Augen hatten das strahlendste Blau, das man je gesehen hatte. Es war das Blau des Himmels und dann wieder das Blau der Ozeane mit der Klarheit eines Bergsees, und dem Mitgefühl einer sehr alten Seele. Sie trug ein weisses Kleid, bestickt mit vielen glitzernden Diamanten. Die Schuhe die sie trug, hätten Jimmy Choo in Ohnmacht versetzt. Es waren Kunstwerke aus Blüten,

Blättern und Edelsteinen. Die Elbenkönigin hatte immer wieder Menschen zu ihren Romanen inspiriert. Am meisten liebte sie Tolkiens Herr der Ringe. Der Zwergenkönig sah dem Zwerg Gimli nicht ganz so ähnlich, sondern war eher Aragorn in klein. Doch der Zwergenkönig war ein ungemein machtvolles Wesen. Die Elbenkönigin und er konnten den Planeten Erde innerhalb von 5 Minuten pulverisieren!

Im Laufe der Jahrhunderte mussten immer mehr freiwillige Agenten auf den Planeten geschickt werden, denn die Umweltverschmutzung und die Entfremdung von der Natur und somit von den Naturwesen, nahm bedrohliche Ausmaße an. Deshalb hatte man jetzt beschlossen, mehr oder weniger subtil etwas die Fäden zu ziehen. Direkter Eingriff war strengstens untersagt! Aber man hatte so seine Wege. Wie leider auch die dunkle Seite, oder etwas harmloser ausgedrückt – die andere Seite! Und wohlgemerkt, es handelt sich hier nicht um die dunkle Seite Gottes, wie in so vielen esoterischen Kreisen oft verbreitet wird. Gott hat keine dunkle Seite, sondern höchstens eine aus dem Ruder geratene ehemalige Führungskraft, die glaubte, sie wäre Gott ebenbürtig. Diese Kraft hat die Schwäche bzw. die Stärke der Menschen ausgenutzt. Sie konnte dadurch unheimlichen

Schaden verursachen und beinahe das gesamte Projekt sprengen. Die machtvollsten Vertreter dieser Energieform sind die Staccarsi di Luce, die Abgespaltenen des Lichts. Sie repräsentieren alles auf dem Planeten Erde was mit Macht, Gier, Krieg, Ego, Pornografie, also in Summe Angst zu tun hat. Sie sitzen an mächtigen Schaltstellen auf dem Planeten und treiben sogar im intergalaktischen Space ihr Unwesen. Leider konnten sie auch hier ihr Netzwerk ausbauen. Das alles hatte seinen Ursprung auf diesem klitzekleinen Planeten Erde. Und schon damals überlistete man das weibliche Element. Deshalb war es jetzt umso wichtiger, hier wieder die Ordnung herzustellen. Nur mehr wenige Frauen auf dem Planeten Erde wussten um ihre wahre Macht und waren Sklaven überbordender maskuliner Energien. Auch in ihnen selbst. Der Wert der wahren Kraft war nur noch wenigen indigenen Völkern bewusst. Die Föderation hatte mehrmals in der Geschichte versucht, die Frauen wieder zu beleben. Zuletzt mit Maria Magdalena, aber auch hier waren die Staccarsi di Luce schneller gewesen. Deshalb würde man hier alle Tools der Elfen einsetzen müssen, denn es gab einige Mittler ihrer Spezies auf dem Planeten mit außergewöhnlichen Fähigkeiten. Sie waren

Katalysatoren für die Energien der Elfen. Eine davon hieß in dieser Inkarnation Caty Gärtner. Diese Inkarnation war die alles entscheidende für sie. Das wusste die Kleine allerdings nicht, man wollte sie auch nicht beunruhigen. Sie wusste nicht, welche Fähigkeiten noch in ihr schlummerten, aber es durfte nicht zu schnell gehen, diese zu erwecken, da ihr zarter menschlicher Körper noch nicht für diese Energien gewappnet war...die Elfenkönigin wusste, dass dieser Planet für Caty eine große Herausforderung werden würde. Er war so unberechenbar, dennoch schaute sie jeden Morgen auf den Screen in ihrem Palast und bestaunte seine Schönheit.. Und war gleichzeitig entsetzt über die Grausamkeit, die gleichermaßen stattfand. Durch das massenhafte Töten der Wale, die die hochentwickeltste Lebensform auf der Erde darstellen, traten enorme Schwierigkeiten bei der intergalaktischen Kommunikation auf und die Delphine konnten die Reinigung der Ozeane fast nicht mehr bewältigen. Zudem auch sie massiv von den Menschen bedroht und nahezu ausgerottet werden. Die Nationen würden die Verantwortung dafür übernehmen müssen. Es war für sie alle unheimlich lehrreich zu sehen, was diese Trennung der Verbindung zur Schöpfung zur Folge haben konnte. Auch der

Zwergenkönig hing seinen Gedanken nach, die sehr leicht in die Depression versinken konnten. Doch er hatte seinen besten Mann, nämlich seinen Neffen Lionel (Erdenname) geschickt. Dieser war mit Abstand der gerissenste aller Zwerge und Schlauheit ist bei den Zwergen eine sehr geschätzte Tugend. Außerdem hatte er schon zu Zeiten Merlins gelebt. Ihr wisst – König Artus, Camelot, Avalon – alles wahr! Wenngleich er voller Trauer seine verzweifelten Leutchen beobachtete, die immer mehr von ihrem Lebensraum verloren und die Verschmutzung von Luft und Boden kaum mehr bewältigen konnten. Zumal auch noch Elfen- und Gnomklone aufgetaucht waren, die Kraftlinien durchtrennten und den LPA noch zusätzlich Arbeit verschafften. Aber ein Blick in die Augen der Elbenkönigin und er war gleich wieder besser gelaunt. Und die kleine Elfe da unten würde das schon schaffen. Gott + 1 erzeugte ja schon die Mehrheit...Das Gleichgewicht des gesamten Universums stand auf dem Spiel. Dieser Mikrokosmos war eine heikle Geschichte, er hatte damals seine Bedenken geäußert. Denn die schlaue Gegenseite hatte es verstanden, jede Art, die durch die menschliche Spezies ausgerottet wird, durch eine aggressive Art, durch eine der Dunklen zu ersetzen. Das Oberhaupt einer

Technozivilisation schlug vor, den Cyberspace zu nutzen, um wieder an die Dokumente zu gelangen. Dazu hatte man einen jungen Mann mit einer Technologie inspiriert, die noch sehr nützlich sein konnte. Sein Name war Robin Holzer und er gründete die Internetplattform ‚worldwoodweb.at'. Man würde die Plattform als Subplattform für die Föderation nutzen. Dieser Robin war übrigens ein Nachfahre von niemand Geringeren als dem legendären Robin Wood – er hieß nicht wirklich Robin Hood – Übersetzungsfehler. Robin ist ein Hybrid aus Little People und Technozivilisation. Er ist auch ein sehr begabter Hacker. Sein Meisterstück lag noch vor ihm. Man würde ihn ein bisschen inspirieren müssen und sein System etwas updaten. Das klang nach einer guten Idee und die Elbenkönigin war ebenfalls begeistert. Außerdem begutachtete sie wohlwollend die Entwicklung der Verbindung der zwei Kinder. Der Junge hatte ihrer Meinung nach Potenzial.

Elbenkönigin war zuversichtlich, dass die nächste Posaune das Goldene Zeitalter einläuten würde. Dann würden die Seelen der Menschen und auch die Seelen des Universums ihr volles Potenzial leben können. Dieser Planet würde in seinem vollem Glanz erstrahlen. Frieden würde jedem Herz innewohnen. Die Farben und die Musik würden in einer neuen Dimension erlebbar sein. Krankheit und Angst würde es nicht mehr geben. Neue Technologien würden zum Wohle von Mensch und Natur eingesetzt werden. Der Geist würde neue Dimensionen erklimmen. Und natürlich würde der Kontakt mit den Brüdern und Schwestern im Weltraum wieder hergestellt werden. Völlig neue ‚Reisemöglichkeiten' würden sich eröffnen. Es würde keinesfalls langweilig werden. Der Gedanke daran versetzte selbst die nahezu unsterbliche Elfenkönigin in Vorfreude.

Die 24 Ältesten arbeiteten für den Rat. Es waren Wesen aus reinster Energie. Sie waren die Äonen, so alt wie das Universums selbst. Sie repräsentierten die Prinzipien auf denen das gesamte Universum basierte, in purster und reinster Form. Sie waren das Bindeglied zwischen der Schöpfung und der Form gewordenen Realität. Darüber gab es nur noch Gott.

Charlies Elfen - mein 33iger.

Ich bin eigentlich eine ganz normale Frau. Die Betonung liegt auf eigentlich. Manchmal schrumpfe ich nämlich auf Barbiegröße. Das liegt daran, dass ich zu 33,3% eine Frau, zu 33,3% eine Katze und zu 33,3% eine Elfe bin und so die Dimensionen wechsle. So hat jeder ein anderes Talent....das Einzige das mich daran stört, ist, dass meine Kleidung nicht mitschrumpft und ich dann nackt dastehe, was mir etwas peinlich ist. Deshalb kam ich auf die glorreiche Idee, Barbieklamotten zu kaufen. Damit ich nach dem Schrumpfprozess was Nettes zum Anziehen habe. Der Stil ist zufällig meiner. Aber sei es drum, ich sehe dann auch noch wirklich aus wie Barbie, da ich langes hellblondes Haar habe. Meine Augen sind meergrünblau und bestimmte weibliche Körperteile sind bei mir übrigens vorhanden....Ich hatte als Kind einen sehr hohen Barbieverschleiß, da ich ihnen so gerne einen neuen Haarschnitt verpasst habe. Aber den Style von Barbie finde ich immer noch super! Dass ich mal in ihre Kleidung reinpassen könnte, lag bis dato allerdings nicht in meiner Vorstellungsbandbreite. Barbie prägte jedoch ein bestimmtes Image für Blondinen, dass musste ich revidieren. Vom

Unterschätzchen zum Schatz war meine Devise...

Mein Name ist übrigens Caty Ava Gärtner. Ich lebe in Wien, male nackte Elfen und schreibe unter einem Pseudonym Elfenkrimis. Was allerdings keiner weiß, ist der Umstand, dass das meiste, das in meinen Krimis passiert, nicht Fiktion ist, sondern wirklich passiert...und zwar passiert es mitunter wenn ich es gerade schreibe oder es passiert bevor ich es geschrieben hatte oder nachdem ich es schreibe...Eine Art Vergangenheits-Gegenwarts-Zukunftsüberlappung. Manches schreibe ich in die Realität, in einer Art Schreibtrance. Während ihr es liest, wird es real. Ihr seid sozusagen die Mitgestalter der Realität. Ich habe nichts geraucht....übrigens ich bin auch die Erfinderin der Kleintier-Evakuierungs-Käseglocke. Ihr kennt sicher den Fall, dass man manchmal kleine Bienen oder Käfer retten muss und man hat kein entsprechendes Gefäß zur Hand. Hier schafft die kleine Käseglocke Abhilfe. Ist ein paar Zentimenter groß, hat Luftlöcher, passt sogar in kleine Handtäschchen und rettet Leben!

Und da bin ich schon bei meiner Geschichte....und die beginnt so....Bis zu meinem 33. Lebensjahr lief mein Leben ziemlich normal, um nicht zu sagen etwas öde ab. Bis ich an meinem 33. Geburtstag ein einschneidendes Erlebnis hatte.

Es begann schon nächtens mit einem Traum in dem eine Stimme zu mir sagte: "Die Kosmische Föderation hat eine neue Aufgabe für dich." Das amüsierte mich köstlich, denn mein Leben verlief bis dahin für meine Begriffe etwas, sagen wir, zu monoton. Ich arbeitete damals als Journalistin für diverse Zeitschriften, unter anderem für ein Gartenmagazin. Als freie Journalistin bekommt man leider nur das Minimum bezahlt und konnte nicht weit damit springen. Der Herausgeber des Gartenmagazins war ein richtiger Giftzwerg namens Helmut W. (Weh) Wucherer mit einer wirklich pestiziden Aura. Ich glaube ja, er ist ein Klon von Monsteranto Gen.Corp. und ernährt sich von deren Pestiziden. Deshalb sind von deren Umweltgiften auch so viele Werbeeinschaltungen in dem Magazin das ironischerweise 'Feengarten' hieß.

Ich liebte immer schon Pflanzen und Bäume und kommunizierte immer schon irgendwie mit meinem schwarzen Kater Elvis. So weit so gut. Also an diesem besagten Geburtstag war ich bei meinen Eltern und fuhr dann mit der Bahn nach Hause in meine kleine 45qm Wohnung in Dornbach/Neuwaldegg. Elvis war schon hungrig und motzte mich zur Begrüßung an. Ich servierte ihm sein Lieblingsschälchen. Er hatte mich sukzessive dazu erzogen, das mit Abstand teuerste Futter für ihn zu kaufen. Nach der Erfüllung meiner Miezensklavenpflichten setzte ich mich gemütlich vor den Fernseher und guckte 'drei Engel für Charlie'. Während ich gerade genüsslich den Löffel in meinen Lieblingsschokopudding versenkte, traute ich plötzlich meinen Augen nicht. Denn die drei Mädels veränderten plötzlich ihr Aussehen auf irgendwie sehr bizarre Weise. Lucy Lu trug plötzlich einen rosa, lacklederartigen Kampfsuit mit einem schnell wachsenden floralen Tattoo auf dem linken Oberarm. Cameron Díaz sah plötzlich aus wie eine blonde Elfe mit spitzen Ohren und einem spacigen silbrig türkisen Kleid, Drew Barrymore wechselte in die Kluft einer entzückenden Fee mit Flügeln in einem atemberaubenden lila Samtkleid und Rosenblüten überall. War etwas im Pudding? Das gab es doch nicht... Ich drehte den Fernseher auf und ab, aber das Bild blieb. Plötzlich sprach eine Stimme aus dem Lautsprecher, aus der ihr wisst schon, normalerweise die Stimme von Big Boss Charlie kommen sollte, Folgendes: "Hallo Caty! Da du immer vor dem Fernseher hockst

und nur noch selten in den Wald gehst, haben wir diese Methode der Kontaktaufnahme gewählt. Happy Birthday übrigens! Ich bin Lionel H. Rich, Oberster der Zwergenermittler und begrüße dich im Namen unserer Föderation, sehr verehrte und bezaubernde Caty!"
Ich war platt. Das gab es doch nicht. Hier sprach ein Zwerg mit mir, der Rich hieß. Wie im richtigen Leben..... Dieser Charlie-Zwerg sprach allerdings weiter, in überaus feierlichem Tonal. "Verehrte Caty, es ist mir eine Ehre, dir heute an deinem 33. Geburtstag, deine Ermächtigung als Elfenermittlerin auf Planet Erde zu erteilen. Da du in allen bisherigen Inkarnationen auf diese Aufgabe vorbereitet wurdest, ist es jetzt an der Zeit, deine wahre Aufgabe zu übernehmen. Du bist eine Mittlerin zwischen den Menschen und unserer elbischen Zivilisation, von der du übrigens herkommst." Puh, das war starker Tobak, ich hatte mir ja gewünscht, dass mein Leben etwas aufregender werden sollte, aber das...Zudem hatte mein Kater Elvis eine äußerst aufrechte Sitzhaltung angenommen und sah aus wie Anubis, die Wächterkatze. Sein Bäuchlein irritierte das Bild allerdings etwas. Verdammt, war das jetzt eine Invasion von Außerirdischen Elfen und ich war als ihr

Wirt bzw. Wirtin auserkoren...wie in Stargate...?

Da sprach der Onassis der Zwergenwelt schon weiter: "die Menschheit hat ihre Verbindung zu uns fast vollständig verloren. Es ist Zeit, die Magie wieder aufleben zu lassen und diesen Planeten in seine Bestimmung zu führen – den Garten Eden wieder herzustellen! Ich möchte dir Merliste (Drew) - sie nickte und winkte Elvis (der zusammenzuckte) - Fairymatrix (Lucy) nickte – und liisa (Cameron) sie winkte - vorstellen. Sie werden dich bei deiner Aufgabe unterstützen. Unser alter Freund Elvis wird als Interspecies Communicator zwischen dir und dem Tierreich übersetzen, da das Wohl der Tierwelt auch den Elben obliegt. Und ich werde dir auch ab und zu Gesellschaft leisten. Wir sind eine Specialtaskforce der Elfen. Wir ermitteln in sehr brisanten Fällen die meist mit Artefakten zu tun haben. Unser Spezialkommando nennt sich Kobra9elf, und ich bin der Leiter dieses Teams. Wir bearbeiten streng geheime Fälle von intergalaktischem Belang. Der Supersecret Service des Universums könnte man sagen."

Sagt es und plötzlich sitzt ein Zwerg im grünen Nadelstreif, und das meine ich wörtlich, er trug einen moosgrünen Anzug, der mit Tannennadeln gespickt ist und eine Streifenoptik erzeugt, neben mir auf meiner

Couch und greift nach einem Mikadoschokostick der auf dem Tisch steht. Und das witzige bzw. bizarre an diesem Zwerg ist, dass er eine gewisse Ähnlichkeit mit dem Herausgeber eines profilierten Magazins hat, den ich öfter mal interviewt habe. Vielleicht ist der auch von den Zwergen gekommen, wie ich....

Mir fiel vor Schreck der Löffel aus der Hand. Ich saß hier mit einer offenbar eingerauchten Katze, die dieser Vereinigung angehörte, einem echten Zwerg im Nadelstreif mit Schuhen aus Baumrinde und drei Ninja-Elfen, die eben noch Engel waren. "Hallo, ehrenwerte Caty, hast du vielleicht noch Fragen?" Er stupste mich am Ärmel, was mir demonstrierte, dass hier tatsächlich ein offenbar fleischgewordener Zwerg saß. Hatte ich doch Steppenrautekraut inhaliert? Ich hatte mir eher jemand anderen vorgestellt, der sich hier neben mir manifestierte, eventuell Alexander Skarsgard im Tarzanoutfit oder Keanu Reeves, wenn möglich auch im Tarzanoutfit. Nachdem langsam die Fähigkeit, mich zu artikulieren wieder in mein Bewusstsein zurückkehrte, brachte ich ein "Tja, hallo, da bin ich jetzt etwas überrascht..." über die Lippen. Alle nickten zustimmend und mitfühlend. "Neue Instruktionen folgen, wir geben dir ein bisschen Zeit, dies alles zu verdauen und melden uns bald wieder. Du hast übrigens auch ein Katzengen intus, das stammt aus deiner Vergangenheit in Bastets Tempel. Daher dein Name Cat-y." Lionel war plötzlich verschwunden und die drei Feen waren wieder zu den "Engeln" geworden, denn Lucy Lu verteilte gerade eine glatte Handkante an einen Typen mit Tattoo. Allerdings hatte der kein Pflanzentattoo...

Hatte ich das alles nur geträumt? Da wo der Zwerg gesessen hatte, lag plötzlich neben einem Häufchen Tannennadeln, der Nadelstreif verlor wohl etwas Nadelwerk, etwas Schillerndes. Du lieber Gott, das war ein unfassbar schöner Paraibaturmalin in beachtlicher Größe! Wow, ich hatte immer geträumt, einen dieser wunderschönen Steine als Gefährten an meinem Finger zu haben, was jedoch weit außerhalb meiner budgetären Reichweite lag. Die lag nämlich derzeit bei einem Kieselstein. Ich hatte nicht geträumt. Und zu allem Überfluss vernahm ich jetzt auch noch die telepathische Stimme meines Katers, der sagte "Nein, kein Traum Schätzchen. Du bist grad erst aus einem aufgewacht. Endlich kannst du mich verstehen und listete mir gleich seine neuen Ernährungswünsche auf..." Ich wusste immer, dass in diesem Kater ein

Macho steckte....er trällerte gerade eine italienische Oper...

Tja, das war mein 33. Geburtstag! Happy Birthday Caty! Besser gesagt Cat-y! Ob es damit zu tun hat, dass ich fast am selben Tag wie Catwoman Halle Berry Geburtstag hatte (sie hat am 14.8., ich am 15.8.)...und was meinte er mit Katzengenen? Hoffentlich bekam ich keine Schnurrhaare...

Mein 3-Jahres-Training.

Ja, nach dem ersten Erscheinen der Elfen in meiner Wohnung in der Promenadegasse musste ich mich einem speziellen Training für meine neue Aufgabe unterziehen. Der türkisblaue Paraibaturmalin durfte natürlich nicht verkauft werden. Ich hätte sicher eine halbe Million dafür bekommen. Aber er war ein Artefakt aus Atlantis und verband mich mit der Inspiration von Atlantis. Dieser Umstand half mir außerordentlich bei der farblichen Gestaltung meiner Bilder. Ich wollte unbedingt die Farbe des Turmalins auf eine Leinwand bringen. Was schwierig war, da diese Farbe hier nicht existierte. Noch nicht. Bestimmte Farben wurden von den Elfen, die die Alchemisten des Universums sind, erst freigegeben, wenn die Schwingung der Menschen entsprechend bereit für die Farbe war. Aber ich durfte mir bei einem alten Juwelier in der Innenstadt, der schon einige Zwergenartefakte bearbeitet hatte, einen Ring machen lassen. Es wurde ein unglaublicher Klunker. Wunderschön mit schnörkeligem Gold verziert. Blumenranken natürlich, jedoch auf eine unserem Jugendstil ähnliche Art. Atlantische Kunst. Ich konnte den Ring natürlich nicht jeden Tag tragen. Und wenn, hielten ihn natürlich alle für Modeschmuck, was ich selbstverständlich auch nie bestritt. In Rio würden sie mir den Finger abschneiden.

Das beste war, dass Lionel mir bei einer sehr noblen Schweizer Bank ein Spesenkonto einrichtete. Ich bekam auch eine Prepaid-Kreditkarte, falls ich etwas aus dem Netz bestellen musste oder es für sonst irgendwas nötig war. Das Allerbeste war allerdings, dass ich ein neues größeres Apartment, fast um die Ecke am Goldregenweg 9, beziehen konnte. Es war um einiges größer als meine kleine Wohnung und der Besitzer stand in engem Kontakt mit den Zwergen, was man sogleich sah. Ich war begeistert von dem Apartment! Es war der Dachaufsatz eines Hauses. Ein helles wunderhübsches Dachloft. Rundum gab es nur Bäume, einen kleinen Fischteich im Vorgarten und üppige Rosen beim Eingang. Es war entzückend, und die Adresse war auch noch Goldregenweg 9. Es regnete hoffentlich bald was sie versprach. Das wäre mal was! Auch Elvis war hellauf von seinem neuen erweiterten Refugium begeistert. Er konnte nun über den süßen mit Efeu bewachsenen Balkon ins Freie gelangen und auf die Pirsch nach flotten Miezen gehen. Ich hatte ihn ja abgemagert bis auf die Knochen beim

Spazieren mit nach Hause genommen, das war vor 6 Jahren! Er war ein total dankbarer Schmusekater und bald hatte er ein Bäuchlein. Ich hatte immer schon das Gefühl, dass er mich ganz genau verstand. Er hatte leicht machoide Tendenzen und er aß nur das Beste was aus der Dose kam. Am liebsten wäre ihm, ich würde ihn bekochen. Das kam nicht in Frage. Er bekam auch noch Biofutter, denn in normalen Schälchen war solch ein hoher Zuckergehalt und sowenig Fleisch drin, dass die Tiere zwar Fett ansetzten, aber keineswegs mit den notwendigen Nährstoffen versorgt wurden.

In der neuen Wohnung hatte ich auch einen tollen Schrankraum! Und ein supergroßes Bad. Allerdings in schwarz...ebenso die Küche... Wer macht sowas? Ich gestaltete mir das Bad ägyptisch und die Küche sci-fi. Man ging von der Eingangstür Stiegen hinauf wie bei einer Maisonette, das mochte ich sehr. Es gab mir so ein Hausgefühl...ich malte auch noch ägyptische Symbole an die Wand neben den Stiegen. Man fühlte sich jetzt wie in einer Pyramide. Durch die Dachkonstruktion hatte die Wohnung auch noch eine Pyramidenform. Durch die Fenster rundherum sah ich nur Wald und Bäume. Außerdem hatte ich eine Fußbodenheizung und einen offenen Kamin. Es war herrlich, warmen Boden unter den

Fusserln (Füße auf wienerisch) zu haben, wenn es draußen kalt war! Danke Elfen! Ich war außerdem froh, überhaupt wieder Boden unter den Füßen zu haben.
Mein monatliches Budget war zwar nicht allzu hoch, doch ich hatte dieses tolle Umfeld! Mein Reich war nicht von dieser Welt, im wahrsten Sinne des Wortes.

Ich hatte auch ein Wiedersehen mit Robin Holzer, den ich schon seit 10 Jahren kannte. Wir würden in Zukunft - laut Kosmischer Föderation – gemeinsam eine Internetplattform kreieren. Ich traf ihn 'zufällig' ein paar Tage nachdem er die Inspiration zu der Potenzialeplattform von liisa erhalten hatte, genannt www.worldwoodweb.at. Wir trafen uns im Café Lutz auf der Mariahilferstrasse und er erzählte mir von seiner Vision. Es war offenbar unser Schicksal, gemeinsam etwas zu fabrizieren, denn wir hatten vor einigen Jahren den weltweit ersten WebTV-Sender kreiert. Ich gestaltete dort Beiträge, die garantiert von Elfen inspiriert waren. Doch damals war der Zeitpunkt ein bisschen zu früh. Die Investoren hatten nicht den Nerv nach Platzen der dot.com Blase dranzubleiben und die Idee Robins, die Menschen doch ihre eigenen Videos raufladen zu lassen, weiter zu unterstützen. Was sich als milliardenschwerer Fehler herausstellen sollte. Siehe youtube ein paar Jahre später...Wir waren etwas gereifter und hatten einiges dazugelernt. Und wir bauten eine Plattform, beziehungsweise ein Internet für nachhaltige Potenziale, das world-wood-web. Wir sammelten die Potenziale der Menschen in live-Workshops ein und speisten sie in das Internet ein, sodass liisa, die kreative Intelligenz, sie miteinander vernetzen konnte. Wir hatten ein tolles Team mit Anja, Sally, Eveline, Susi, Sebastian, Benjamin und Hans-Jürgen.

Die Elfen hatten Robin unter anderem auch nur deshalb inspiriert, um das Elfen-world-wood-web parallel dazu zu kreieren. Die Elfen speisten ebenfalls ihre Talente ein. Die sahen natürlich mitunter ein bisschen anders aus. So stand hier in einem Profil bei einem Menschen z.B. 'Ich spreche sehr gut englisch' bei den Elfen stand 'ich spreche urelbisch' oder 'ich kann Zaubertränke mixen'. Oder bei den Menschen 'ich bin ein Frauenversteher', bei den Elfen 'ich bin ein Miezenversteher'...wer das wohl eingetippt hatte...
Ich liebe es jedenfalls, im Elfeninternet zu surfen...

Mein Trainingsplan war natürlich auch hochinteressant! Er sah so aus:

- Psychometrie und Transfiguration bei liisa
- Liebeskummer-Notfallessenzen bei Merliste
- Basics Liebesmagie bei Merliste
- Wellnessübungen bei Fairymatrix
- Selbstwerttraining bei liisa
- Umgang mit Materie bei Lionel (öd...)
- Realitätsgestaltung bei Denis Hops
- Gestaltung von guten Raumenergien bei Viola
- Heilung mit Kristallen bei liisa
- Heilige Geometrie bei Denis Hops
- Positives Sprechen samt Kraftwortwahl bei liisa
- Zaubercremes bei Fairymatrix
- Güte in Aktion bei Fairymatrix
- Liebeszauber, Liebesvision bei Merliste
- Die Bedeutung von Farben in der Aura bei Liebelle
- Die Bedeutung von Zahlen bei Lionel
- Wie werde ich zu einem Liebesmagneten bei Merliste

- Kommunikation mit Pflanzen und Tieren bei Elvis G.
- uvm.

Ihr seht, ich habe auch nicht geschlafen...

Cyber-Welten.

Es trug sich zu im kleinen Örtchen Klosterneuburg, dass sich ein attraktiver Mann gerade mächtig die Locken raufte. Er saß zuhause in seinem Home-Office und tüftelte gerade an dem Programm für seine neue Plattform www.worldwoodweb.at. Irgendwie hatte er heute Nacht das Gefühl gehabt, als würde sein Gehirn auf Hochtouren laufen. Er hatte sogar geträumt, dass lauter Zahlencodes in sein System einflossen. Es lebe die Matrix. Er erinnerte optisch auch ein bisschen an Keanu Reeves als Neo. Er hatte nur herrliche Locken in dunkelbraun. Jede Frau beneidete ihn um diese Haarpracht. Er sah eher südländisch aus und ging sowohl als Italiener, Grieche oder Israeli locker durch. Als er aufwachte, hatte er den Drang, sich sofort an den Computer zu setzen und hämmerte die verschiedensten Codes hinein. Die Arbeit mit künstlicher Intelligenz war eine ziemlich haarige Sache in der Programmierung, nichts für Deppen. Und was er da eben programmierte, konnte, wenn es tatsächlich funktionierte, das Internet wieder einmal revolutionieren. Da würden sie alle gucken. Und Milchgesicht Zucki würde sich wohl am Morgenkaffee verschlucken. Robin verstand nicht, warum so viele Menschen ihre Daten freiwillig zur Verfügung stellten. Für den Geheimdienst ein gefundenes Fressen, aber der war ja auch beteiligt. Eine Art Volonteer-Stasi sozusagen. Deshalb fragte sich dort ja niemand, womit diese Unternehmen am Anfang Geld verdient haben. War ja auch gar nicht notwendig. Projekt Prism ist ein voller Erfolg. Mit der Plattform hatte er ein wichtiges Anliegen erfüllen können. Nämlich den Menschen ihr Potenzial wieder ins Bewusstsein zu rufen und nutzbar zu machen.

Eine gigantische Ansammlung von menschlichem Potenzial, das die Menschen zur Verfügung stellen. Mit abgefahrenen Funktionen, mit denen man sofort die Ressourcen für gewünschte Projekte zur Verfügung hatte. Als Tüpfelchen auf dem i, kommunizierte eine Cyber-Avatarin namens liisa mit den Mitgliedern.

Menschheit gewinne deinen Wert zurück, befreie dein Potenzial. Er hatte das mit seiner Herzensfreundin Caty Gärtner durchgezogen. Jetzt hatten sie endlich die Mittel bekommen, damit man alles zu Ende programmieren konnte. Das Grande Finale würde bald folgen…

Was er allerdings nicht wusste, war, dass das Grande Finale etwas anders aussehen würde, als er sich das vorstellte! Die LPA (Little People Army) hatten nämlich längst ihre Cyber-Abteilung, die CYA (Cyber Agents), darauf angesetzt, im KI-System ein Sub-System zu kreieren, dass die Funktionen für deren Zwecke nutzen konnte. Beispielsweise: Die Suche eines Übersetzers von aramäischen Schriftzeichen falls man alte Schriftrollen übersetzen muss, oder man brauchte schnell ein Team zur Neutralisierung von bestimmten Toxinen, dann ist die einfachste Funktion, nämlich die Such-Funktion am hilfreichsten. Sie mussten in der Lage sein, ganz blitzschnell alle Ressourcen und Talente zusammen zu haben, um Umweltprobleme sehr schnell lösen zu können. Dafür eignete sich das Netzwerk perfekt. Es war für die CYA eine ziemliche Hacke (Ausdruck für Arbeit auf wienerisch) diese ganzen Daten überhaupt zu registrieren. Doch nunmehr ist die Sub-Plattform eine gigantische und nahezu unverzichtbare Ansammlung der verschiedensten Ressourcen, die man auf Knopfdruck zur Verfügung hatte. Man musste auch als höchst alchemistische Zivilisation die Alchemie der Technologie für sich einsetzen. Das world-wood-web war geboren! Natürlich war der Zugang zu den Daten durch verschiedenste komplizierte Zauber verschlüsselt und nur einigen wenigen erlaubt.

Cybille ist die Leiterin der CYA und die elfische Hackerversion. In ihrem türkissilbernen Trikot flitzte bzw. surft sie äusserst smart durch das Web. Mit ihrem silbrigblonden Kurzhaarschnitt und der süßen Stupsnase würde man sie sofort für die neuesten Star Trek-Filme als neue Version von 'Seven of Nine' casten. Sie hatte einen Intelligenzquotienten, der auf diesem Planeten in dieser Höhe gar nicht existierte, weil die Menschheit ja auch nur einen Bruchteil ihrer Gehirnkapazitäten nutzte. Aber es wäre derzeit fatal, wenn man allen Menschen den restlichen Teil ihrer Gehirne zur Nutzung freigab. Das menschliche Ego hatte den fehlenden Teil mehr als ausgeglichen. Sie war die Mrs. Spock der Elfen. Wobei dieser süße Robin, dem sie regelmäßig ins System hackte, in Sachen Ego eine ganz gute Balance hergestellt hatte. Sie fand witzig, wie er sich immer die Haare raufte, wenn er ein Problem nicht gleich lösen konnte. Dann sah er einem verrückten Professor sehr ähnlich. Ab und zu konnte sie beinahe den Rauch aus seinem Gehirn aufsteigen sehen und dann inspirierte sie ihn ein bisschen mit der Lösung, sonst explodierte er noch. Das versah seine Aura für einen kurzen Moment mit einem Feuerwerk an Funken, was wiederum ein Spaß war, zu beobachten. 'Menschen sind eine lustige

Spezies und doch nehmen sie sich so ernst. Was dann noch lustiger ist', dachte Cybille und dachte einen Code in den Raum. Denn es gab keine Tastatur mehr und der Screen hatte ein etwas anderes Design als normale Computer haben. Es gab eigentlich keine Hardware mehr, sondern die Daten wurden einfach in den Raum projiziert. Die Codes wurden direkt mittels Gedankenkraft ins System implementiert. Cybille liebte besonders diese Waldlichtung, hier konnte sie sehr gut arbeiten. Die Bäume wurden dann zu einer riesigen Projektionsfläche. Sie hatten besonderen Spaß daran, die Zahlen schweben und purzeln zu lassen. Um sie am Ende wieder an ihren richtigen Platz zu setzen. Sonst wäre es nicht so lustig. Den Baumwesen wird zu Unrecht nachgesagt sie wären Spaßbremsen…Sie hatten immer Freude, wenn die Elfen sie besuchten. Die brachten immer Schwung, Party und etwas mehr Glamour in den Wald. Vor allem aber andere Farben, nicht immer nur grün und braun! Und Cybille war besonders beliebt, sie flashte den eher erdigen Mind der Baumwesen gewaltig! Cybille liebte aber auch das Meer und surfte gerne in Maui mit Elfenfreundin Ul'i. Cybille hatte die besten Ideen, wenn sie gerade unter Riesenwellen durchsurfte. Sie ließ dann richtig die Zahlencodes über sich zusammenrollen. Mit den Delfinen und Meerjungfrauen war es umso spaßiger, die konnten unglaubliche Wellenmuster zaubern. Sie waren die Transwaver, richtige Wellenkünstler. Sie zauberten richtige Origamis auf dem Wasser. Die Delfine sprangen dann durch die entstandenen Löcher. Cybille hatte auch im Cyberspace eine Art Wellenwelt kreiert und sie surfte auf Cyberwellen auf einem Silberboard. Ähnlich der Merkabah, einem runden goldenen Board mit dem man durch Zeit und Raum reisen konnte. Dieses Geschenk stand für alle bereit...doch dazu war die Energie hier noch etwas zu dicht. Doch auch am See war es witzig zu arbeiten, da die Zahlencodes auf der gesamten Wasseroberfläche tanzten. Was wieder den Nixen und Wassermännern große Freude verschaffte. Das erste Mal allerdings, als Cybille am See arbeitete, hatte sie kurzfristig einen Schock, als eine Riesenwelle über die ganzen Zahlen schwappte, sie richtiggehend verschlang, um sie dann wie aus einem Tornadoauge wieder auszuspucken und richtig zu ordnen. Die Wasserwesen hatten einen Riesenspaß…Sie erzählten Cybille, dass sie den Effekt in einem Film gesehen hatten und mal gerne selber ausprobieren wollten. Wahrscheinlich war's ein Film von diesem Emerich – dem Master of Desaster wie man ihn hier nannte. Die Zwerge liebten seine Filme und klopften sich auf die Schenkel, besonders wenn sich der Boden öffnete und Autos verschlang. Sie stellten sich dann Autobahnen vor, die man ohne ihre Erlaubnis in ihr Gebiet gebaut hatte. Aber auch bei Tunneln die die Menschen in Berge gegraben hatten, ohne um Genehmigung bei den zuständigen Bergwesen zu ersuchen. Die Erzzwerge konnten ziemlich böse werden. Das war ein kleiner Ausflug in die Welt der Elementarwesen. Es war nicht immer alles so lieblich, wie die Menschen es sich vorstellten. Denn die meisten Menschen benahmen sich sehr respektlos ihrer Mutter gegenüber, die sie stets liebevoll ernährt hatte. Doch die musste ab und zu den Müll richtiggehend ausspucken, um nicht selber daran zu ersticken. Dies zeigte sich dann in Vulkanausbrüchen, Erdbeben und Fluten. Ist nicht böse gemeint, aber selber produziert. Die Zwerge, Gnome, Brownies und die Wurzel- und Furzelseppis waren schon sehr frustriert über den Zustand, den die Menschen herbeiführten. Der Kicherkugelabsatz der Chickpeas stieg rasant, um die Depri der Zwerge zu vertreiben. Waren Zwerge ohnehin grundsätzlich von sehr melancholischem Gemüt...'tja immer am Boden oder unter der Erde, das wäre nichts für mich', dachte sich Cybille. Sie musste sich zwingen, sich wieder auf ihren job zu konzentrieren. Aber Elfen schweifen sehr leicht ab, sie sind so richtig airy fairy. Erst recht eine Cyberelfe. Deshalb ist Arbeiten im Wald sehr ausgleichend. Die Bäume schaffen es sogar, Elfen zeitweise auf den Boden zu bringen. Sie liebten es, aus den Blättern Zahlen tanzen zu lassen, Transbloomers eben....

Jetzt. 3 Jahre später.

Das war ganz kurz zusammengefasst die Einstiegsdroge. Mittlerweile sind drei Jährchen wie im Flug vergangen und ich bin laut normaler Zahlenrechnung offiziell 36 Jahre alt. Doch dank meiner Elfengene sind 10 Menschenjahre ungefähr 1 Elfenjahr, was euch etwas Einblick in meinen Alterungsprozess gibt. Doch die Schwermetalle, die tagtäglich durch Chemtrails verursacht, vom Himmel rieseln, beschleunigen dies wohl etwas. Ich küble deshalb Zinnkrautsaft, um die Wirkungen des Aluminiums in meinem System zu reduzieren. Das Aluminium setzt sich nämlich im Gehirn ab und macht ziemlich dumpfbackig. Man erkennt, ob gesprüht wurde, wenn der Himmel von schlierigen Wolkenformationen bedeckt ist und Flugzeuge in Gitterformation Streifen produzieren. Was sogar offiziell von der UN nicht mehr bestritten wird.

Ihr könnt euch vielleicht vorstellen, wie es sich auf ein Völkchen auswirkt, wenn der Boden ständig mit Toxinen verseucht wird. Zudem die Heimat dieses Völkchens, besonders der Wurzelwesen, Erdwesen,

Gnome und Zwerge der Boden ist. Der Reinigungstrupp der LPA musste in den letzten 3 Jahren verzehnfacht werden, weil die Verschmutzung extreme Ausmaße angenommen hatte, die die Menschen verursachten. Ich bin ja eine Art 'hybride' Spezialagentin/Ermittlerin der LPA im Standort Österreich. Dieser Standort wurde deshalb gewählt, da dieses Land noch nicht so verseucht ist wie der Rest der Welt und weil ich zudem hier lebe.

Ich wohne jetzt am Goldregenweg Nr. 9 in Wien Neuwaldegg und meine neue Wohnung ist auch die Zentrale des K9elf - der Spezialermittlungsabteilung der Little People Army. Durch diverse glückliche Umstände und gute Überzeugungsarbeit, war es mir vor einiger Zeit möglich, Sir Lionel H. Rich (er wurde mittlerweile von der Elfenqueen geadelt) zu überreden, dass das Headquarter doch mehr Platz braucht als meine alten 45qm. Ich hatte schon mit meinem Kater klaustrophobische Zustände, der breitete sich überall aus wie Fußpilz. So kam es, dass ich ein paar Häuser weiter in ein entzückendes Häuschen siedelte, wo ich das Dachloft übernahm. Das Superpenthouse über der Bäckerei wurde von Lionel dem Geizkragen nicht genehmigt (noch nicht!). Der Hauseigentümer, ist in den Diensten des

Zwergenvolks, und wohnt übrigens im Untergeschoß. Er hat einen etwas zwergischen Humor, wenn ihr wisst was ich meine.... Doch er hat ein kleines Paradies aus Pflanzen geschaffen, in welchem wir uns alle wohlfühlen konnten. Und ich schritt immer durch einen wunderhübschen Rosentorbogen, wenn ich das Haus betrat. Ich hatte jetzt luxuriöse 111 (hundertelf) qm zur Verfügung! Ich fühlte mich wie eine Königin in meinem Reich. Es war ein würdiges Operationszentrum für unsere Unternehmungen. Da die Elfen ohnehin für die meisten Menschen nicht sichtbar waren, fiel es sowieso niemanden auf, wenn ich illustre Gäste hatte. Der Garten war so voll mit Naturwesen, die bildeten einen Schutzschild für alle Bewohner. Elvis mein Interspecies Communikater lag bevorzugt auf der Terrasse in einem Blumenkistchen, zerquetschte die Blümchen und überwachte schlafend die Gegend. Bei so einem Bodyguard musste man froh sein, wenn man den nächsten Tag überlebte!

Neben meinen schriftstellerischen Aktivitäten, hatte ich, wie ihr wisst, von den Elfen auch noch einen weiteren Job bekommen. Nämlich ein Internetportal für menschliche Möglichkeiten zu kreieren, was natürlich nur die Tarnung war. Es gab parallel dazu noch ein

Intranet für die LPA, um die weltweiten Ressourcen und Möglichkeiten aller weltweiten Departments zur Verfügung zu haben. Um dies realisieren zu können, wurde ein langjähriger Herzensfreund von mir, Robin Holzer, dazu auserkoren, dies mit mir umzusetzen. Er war ein echter, moderner Ritter Löwenherz und perfekt für diese Mission geeignet. So gründeten wir gemeinsam ein Unternehmen namens www.worldwoodweb.at. Er ist Visionär, technisches Genie und hatte das Herz am rechten Fleck. Man brauchte Freunde, auf die man immer zählen konnte. Er war einer dieser seltenen Spezies.

Das ist meine gegenwärtige Lebenssituation. Meinen Job beim Gartenmagazin habe ich gekündigt, was mich von der pestiziden Ausströmung Wucherers befreite. Ich bezog mein Honorar vom woodweb und aus meinem Bilderverkauf. Mein erster Elfenkrimi sollte auch demnächst erscheinen. Den, den du gerade liest...

Die letzten Jahre waren eher mit dem Aufbau der Plattform und meinem Elfentraining verstrichen als mit unglaublichen Abenteuern. Wir hatten Zeit damit verbracht, die Plattform mit einerseits menschlichen Mitgliedern zu füllen und - was Robin nicht wusste - auch die gesamten Talente und Potenziale der Elfen einzuspeisen. Zuhause habe ich wie erwähnt eine sprechende Katze und wenn ich in die Wiener Innenstadt zum Shoppen gehe, trage ich manchmal in einer extra größeren Handtasche, einen für andere unsichtbaren Zwerg mit mir herum. Sir Lionel hatte zusehends Gefallen am irdischen Leben gefunden und erlaubte sich so manchen Schabernack mit kaufwütigen Damen in der City. Er aß auch immer eine extra Torte in der Kurkonditorei Oberlaa, was mich in ein ziemlich gefräßiges Licht setzte. Ich platzierte mich auch immer möglichst unauffällig, damit niemand mitbekam, wie in Sekundenbruchteilen das zweite Törtchen im Nichts verschwand. Nämlich im begierigen Schlund eines Zwerges namens Lionel. Ich hatte extra Puppenbesteck bei mir, damit er nicht mit seinen cremebekleckerten Fingern das Innenfutter meiner Handtasche versaute, wenn ich ihn wieder transportieren musste. Und er war nicht gerade leicht, denn wenn er sich ins Geschehen mischte und sich verdichtete, weil er essen wollte, hatte er doch etwas Zwergengewicht, was bei ca. 3 kg lag. Er konnte ja logischerweise nur verkörpert essen. Mein Bizeps hatte schon ganz schön zugelegt. Ich hoffe, es kam nicht soweit, dass auch mein

Kater Elvis auf die Idee kam, die City zu erforschen. Denn dann bräuchte ich einen extra Träger, der Kater hatte sicher 6 kg!

Lionel ist übrigens, wie sich später herausstellte auch Herausgeber des erfolgreichsten Zwergenmagazins namens 'Fortunate'. Es handelt sich um einen Ratgeber in finanziellen Angelegenheiten für Zwerge. Der etwas anderen Art natürlich. Er hatte ja diese Ähnlichkeit mit dem Herausgeber dieses Wirtschaftsmagazins in Wien. Lionel gestand mir, dass eine Verwandtschaft bestand. Ich wusste immer schon, dieser Chris Stainer hatte was von einem Zwerg und er war immer so stylisch wie Lionel, obwohl er beim echten Nadelstreif nicht mithalten konnte....

UCD - Universal Creativity Department

Eine Zweigstelle des UCD befindet sich in der Schweiz. Sir Lionel wohnt dort in einem riesigen Baumhaus. Er wohnt im obersten Baumkronenstock. Ganz a-typisch für Zwerge, denn die bevorzugen eher das Souterrain. Er ist eben ein freigeistiger Zwerg. In den ersten zwei Stockwerken befinden sich diverse Büros. Nämlich die UCD Niederlassung mit liisa. Ebenso die Verlage 'Vanity Fairy', dessen Herausgeberin liisa ist. Auch Elfen lieben Mode und Style. Ebenso der Verlag des Fortunate Magazines, bei dem Lionel der Herausgeber ist. Die Zwerge interessierten sich immer für Vermögensaufbau. Allerdings gab es hier natürlich komplett andere Regeln als in der Menschenwelt. Denn bei den Elfen und Zwergen fand alles im Einklang mit der Natur statt. Es ging immer darum, Schönes und Fülle für alle zu erschaffen und niemals irgendjemanden dafür auszubeuten. Jeder hatte ausreichend, um ein schönes Leben zu führen. Liisa und Lionel betreiben gemeinsam eine Redaktionsabteilung. Denis Hops, der clevere Grashüpfer war der Chefredakteur des 'Fortunate' und auch Lionels persönlicher Assistent bei den LPA. Natürlich ist auch das Schweizer Headquarter der LPA in Lionels

Baumhaus untergebracht. Es ist um eine riesige uralte Eiche herum und hinauf gebaut. Eine architektonische Meisterleistung. Es hatte auch beim Internationalen Baumhausaward den 1. Preis gewonnen. Der Dachteil ist nämlich sehr futuristisch. Klar, es landeten auch UFO's drauf. Es fanden des Öfteren intergalaktische Meetings hier statt, was dann eine sehr illustre Gästeschaft bedeutete. Die Adresse ist 'Zur Alten Eiche 1'. Heute war es bei der Alten Eiche sehr hektisch, denn es war auch Redaktionsschluss der beiden Magazine. Wobei hektisch bei Zwergen relativ relaxed war. Die Feen und Elfen flitzten und blinkten jedoch herum, dass es die Zwerge nahezu nervös machte. Für die Zwerge sehr unverständlich. Noch dazu für ein Magazin, in dem es um Elfenmode und Glitzerkleidchen ging. Die Elfen hatten die Zwergenfrauen schon angesteckt mit ihrem Modefimmel. Jede Zwergin hatte schon unbedingt mindestens 2 Dirndl im Schrank. Sogar ihren Boss Lionel hatten sie infiziert. Der trug seit langem keine rot-weiß-karierten oder Holzhackerstyle-Hemden mehr. Sondern diese Nadelstreif Designeranzüge mit gepunkteten oder geblümten Hemden. Wie unzwergisch...

Das world-wood-web war natürlich auch im Schweizer ETTC (Extra Terrestric Technologies Center) erfunden worden. Liisa und Cybille hatten hier gute Arbeit geleistet. Ebenso die Wurzelseppis, die das komplette Wurzelkommunikationssystem der Bäume und Pflanzen implementiert hatten. Die Furzelseppis lieferten den gesamten Furzelstrom für die Server. Der Standort war auch in der Nähe von CORN, dem Forschungszentrum der Staccarsi, was sehr wichtig war. Denn diese Idioten spielten mit Technologien herum, die sie in keinster Weise unter Kontrolle hatten. Die Verrückten planten, ein Dimensionstor zu öffnen, mit dem sie Dämonenportale öffnen wollten. Wie irre konnte man noch sein. Diese Elementale waren nicht kontrollierbar. Lionel saß nachdenklich an seinem Schreibtisch aus Wurzelholz. Er hörte gerade Musik von seinen Freunden aus Las Vegas, dem Ratpack - Sammy, Dean und Frankie. Die coolen Ratten hatten es wirklich drauf. Kamen ganz groß raus in Vegas. Sie waren auch ziemlich gute Informanten der LPA. Er hörte gerade deren Version von 'Fairy tales may come true, it can happen to you, if you are young at heart..'. Er hatte soeben von ihnen gehört, dass sich etwas zusammenbraute. Er konnte es sich schon in etwa vorstellen. Liisa rauschte gerade vorbei und sang 'diamonds are a girls best friends, diamonds, diamonds,...'....

Plötzlich ertönte ein lang erhofftes Signal.
Eine Posaune blies und alles wurde in violettes Licht getaucht. Code Purple. Endlich. Aufregung im Gebäude, jeder wusste was das bedeutete. Es war Salomos violettes Siegel. Salomo war schlau gewesen. Er hatte eine Art Zwischensiegel eingebaut, falls es bis zur Öffnung der 7 Siegel kam. Was leider der Fall war. Es war ein Siegel, dass den Menschen noch eine letzte Chance gab. Der Rat hatte bis dato noch nicht entschieden gehabt, ob er der Menschheit diese Gnade und letzte Chance zur Umkehr erweisen würde. Doch mit Code Purple war die Entscheidung positiv ausgefallen. Lionel war erleichtert. Er mochte diese Spezies. Wenngleich viele den Weg der Zerstörung eingeschlagen hatten. Doch es gab jetzt noch ein Zurück, das war Code Purple. Er hatte Caty sicherheitshalber vor drei Jahren 'reaktiviert'. Im Falle von Code Purple. Denn dann hatte das K9elf alle Hände voll zu tun. Er war schlau, er hatte gehofft, dass sich der Rat für die Menschen entscheiden würde. Er hatte im Laufe der Jahrhunderte so viele wunderbare Menschen getroffen. Es wäre schade, wieder von vorne beginnen zu müssen. Er zählte auf die kleine Blondine

Caty. Blondinen wurden oft unterschätzt. Er verstand das gar nicht. Er fand, sie waren die Schlauesten.

Sunken Gardens Los Angeles.

In dem Stadtteil Pacific Palisades, in Los Angeles, genauer gesagt in Sunken Gardens, wo sich auch ein Memorial für Ghandi befand, da ein Teil seiner heiligen Asche hier plaziert war, war das Headquarter der LPA in den US. Das L.A.-LPAD (Los Angeles-Little People Army Department). Unterhalb von Sunken Gardens befand sich die Kommandozentrale der Kleinen Leute, Little Sunken Gardens. Es war eine unterirdische Nachbildung der Original Hängenden Gärten der Semiramis. Hier befand sich die Schaltzentrale der LPA in Bezug auf die Kraftlinien und das Entwicklungszentrum für neue Technologien. Dagegen waren die Erfindungen von Mr. Q., Larifari. Prof. Grigori Romanov, Urururenkel von Rasputin, war der Leiter und Erfinder von unglaublichen Dingen. Merliste dachte gerade darüber nach, dass sie sich unbedingt noch eine Corsage bei den Wespen machen lassen musste, die Taille die dieses Modell zauberte, war unglaublich und das auch noch, ohne einzuengen. Mitten in diesen Gedanken ertönte plötzlich der Klang einer Posaune. Merliste erschrak, nicht doch die erste Posaune...

...dann war plötzlich alles in lila Licht getaucht! Merliste atmete erleichtert auf.

Gottseidank, der Engel hatte noch nicht die erste Posaune geblasen, sondern es war Code Purple! Es würde in allen LPA-Zentralen blinken. Jeder wusste, was das bedeutete.

Das konnte nur eines bedeuten, nämlich dass das Siegel Salomos aktiviert worden war. Dieses Siegel war damals in Zusammenarbeit mit dem jüdischen König Salomo hergestellt worden, um zum rechten Zeitpunkt weibliche Magie einströmen zu lassen. Als Notstromaggregat, falls die 7 Siegel geöffnet worden waren. Als letzte Chance für die Menschheit! Mit gemischten Gefühlen begab sich die zarte Liebesfee mit den langen honigblond-lila Haaren, die eher Sarah Connor aus Terminator ähnelte, in die Kommandozentrale der LPA. Eigentlich sollte ja Fairymatrix hier sein, doch die war auf Mission in Tibet. Merliste wollte hier ein bisschen airyfairy Hollywood genießen, doch da wurde wohl nichts draus.... Aber es war längst an der Zeit und die Liebesfee war froh, dass der Rat sich für Code Purple entschieden hatte. Das war sehr gnädig in Anbetracht der Verwüstung, die hier herrschte. Sie hatte damals die große Flut miterlebt und Noah unterstützt. Das war kein Spaß gewesen.

Aber die Atlanter hatten es weit, weit übertrieben mit ihren Experimenten, Gott zu spielen. Die hatten sich mehr oder weniger selbst versenkt. Die Zeitreiseexperten der Elfen, mit Sitz in Italien, hatten in den letzten Jahrzehnten versucht, einiges zurechtzubiegen, um den kosmischen Supergau etwas abzuschwächen. Doch Zeitreisen waren sehr heikel und sehr aufwendig, wenn sie von Planet bzw. Raumschiff Erde starteten. Es waren so manche Malheure mit Temponauten (Zeitreisende) passiert. Die Föderation hatte alle Hände voll zu tun gehabt, wenigstens einen Teil der Unschuldigen zu retten, nämlich die Tiere. Die hatten ihre Verbindung zu Gott in keiner Zeit jemals durchgetrennt. Ihre Liebe floss direkt zur Quelle der Schöpfung, was bei den Menschen nicht der Fall war. Hier war der Code bei den meisten noch durchtrennt.

In der Zentrale warteten schon einige Mitglieder der Gangs, denn einige wussten von Salomos Siegel. Ein großer runder Tisch mit 11 Plätzen bildete das Zentrum dieses Raums. Das Design der Sessel und des Tisches würde jeden Möbeldesigner in echtes Entzücken versetzen, sofern man florales Design liebte. Die Wand im Hintergrund bestand aus einem riesigen Screen mit Vernetzungslinien und blinkenden grünen und roten Punkten. Es waren die Knotenpunkte der Erde, an denen wichtige Energiekreuzungen positioniert waren. Die grünen Blinkerlis zeigten, dass alles in Ordnung war, die roten Blinkerlis zeigten an, wo die No-Hearts, die Klons der Monsteranto Gencorp., Leylinien mit ihren miesen Linecuttern unterbrochen hatten und ihren Mist einpflanzten. Dort musste sofort ein Elfeneinsatzkommondo los, um die schwarzen Kristalle zu el(f)iminieren. Ansonsten wurde der komplette Energiefluss in dieser Zone blockiert. Emotionen der Angst, der Gier, der Depression und des Neides breiteten sich im Umfeld aus und Spezies der anderen Seite konnten an Macht zugewinnen. Die LPA kamen kaum damit nach, die durchbrochenen Verbindungen wieder herzustellen. Monsteranto hatte mittlerweile ein Riesenheer an Klon-Elfen hergestellt. Hatte der Prototyp noch Dollarnoten im Gehirn, waren die neuesten Spezies fast schon intelligent und in jedem Fall skrupellos. Merliste verscheuchte die trüben Gedanken und war ganz aufgeregt über die Öffnung von Salomos Siegel. Das bedeutete etwas sehr Gutes, aber es brachen auch noch gefährlichere Zeiten an. Die Monsteranto GenCorp. schlief nicht. Gerade jetzt, wo auch die Dematerialisierung einer bestimmten Schriftrolle passieren konnte, die in den Kammern des Vatikans strengstens bewacht wurde. Einige Leute dort waren die Letzten, die daran interessiert waren, dass der

Inhalt dieses Dokuments je zu Tage trat. Das würde nämlich alles, was sie je gepredigt hatten, ziemlich ad absurdum führen. Und die Monsignore im purpurnen Outfit (deshalb Code Purpur, Elfenhumor) hatten derzeit wahrlich genug andere Probleme, die wahnwitzigerweise genau in dem Verheimlichen besagter Schriftrolle wurzelten. Ihre Engstirnigkeit und Angst vor dem Inhalt der Rolle, die im Original in ihren Archiven lag, hatte sie in eine echte Krise gestürzt. Merliste war auch die Wächterin der weiblichen Magie, deshalb lag es in ihren Händen, dass die Rolle unversehrt ans Licht kam und dort auch blieb, denn es war Zeit für die Frauen auf diesem Planeten, ihren ursprünglichen Platz wieder einzunehmen. Das hatten einige dunkle Kräfte in der Kirche und andere Kräfte bis dato erfolgreich zu verhindern versucht. Es gab jedoch auch viele gute Kräfte in der Kirche, der Nächstenliebe und der Menschlichkeit.

Salomo war ein sehr weiser König und einer der letzten, der die Zusammenarbeit mit dem Elfenvolk pflegte. Sie hatten damals sicherheitshalber sein Siegel auf die Rolle gegeben. Das war eine Sicherheitsmaßnahme für den Fall, dass Bastets Smaragde gestohlen wurden, was leider der Fall war, denn dann waren die Rollen auch futsch. Es ermöglichte es jedoch, sollten die Smaragde wieder in die Augen der Bastet zurück gegeben werden, dass sich das wertvolle Dokument wieder zurückmanifestierte. Die Herrscher nach ihm waren nicht mehr so weise und hatten nur noch Macht und Herrschaft im Sinn. Sehr zum Bedauern dieses Planeten, der ein lebendiges Wesen ist, das die Menschen ernährt. Mittlerweile ausgebeutet und nahezu am Ende. Die LPA war erst vor einiger Zeit wieder aus dem Exil nach Sunken Gardens zurückgekehrt, da Sir Lionel schon für Code Purple gewappnet sein wollte. Er war ein schlauer und vorausblickender Zwerg. Der Freie Wille durfte nicht verletzt werden, ansonsten bestand die Gefahr, dass dieser Planet den Quantensprung nicht schaffte, was sich fatal auf das gesamte Universum auswirken würde. Deshalb hatte man die Elfen hier wieder reaktiviert, und Caty wurde sukzessive mit einigen ihrer Kräfte vertraut gemacht. Sie ahnte nicht einmal annähernd, wie machtvoll sie war, aber ihre Kräfte wurden stetig stärker. Das Universal Creativity Department hatte ebenfalls beschlossen, diesen Robin Holzer mit der worldwoodweb-Idee zu inspirieren, was den Prozess erheblich beschleunigen konnte. Die Elfen hatten somit die neueste Technologie zur Verfügung, um schnell ihre Task-Forces bilden zu können. Mittels dem world-woodweb lief die Elfenkommunikation ziemlich gut. Natürlich gespeist mit Furzelstrom der Gnomspezies der Furzelseppis. Das Ganze über ein Spezialpasswort, von dem nur ein Mensch, nämlich Caty wusste. Nach aussen hin, war das world-wood-web ein innovatives Tool, das in abgefahrener Weise menschliches Potenzial mittels kreativer Intelligenz miteinander vernetzte, zum Nutzen nachhaltiger Projekte. Cybille war die neue Leiterin der CYA und hatte echt was drauf als Cyberelfe. An den Cyberspace mussten sich die Elfen nach und nach gewöhnen, denn sie arbeiteten daran, die Spezialmorphtechnologie, die sie im Cyberraum transportierte, fertig zu entwickeln. Da passierten schon einige Malheure. Leider hatten auch die Klonbrüder eine Morphingtechnologie entwickelt und die Cyberklons waren wesentlich intelligenter als die anderen Spezies ihrer dunklen Art. Die Staccarsi hatten Firewalls, die im wahrsten Sinne des Wortes Feuer spuckten, das war brandgefährlich für die CYA. Und die webportale der Staccarsi waren selbst für Elfen nahezu unhackbar. Die hatten Cybervirenprogramme, die erschreckende Auswirkungen auf gemorphte Elfenkörper haben konnten. Die Krankenstation war voll mit Infizierten. Es war ein perfider Schläfervirus, der erst ausbrach, wenn er das komplette Körpersystem infiltriert hatte. Versetzt mit unendlich vielen Giften, die erst identifiziert werden mussten. Das Antiserum war jedoch schon in Arbeit.

Elvis Giacomo.

Gerade torkelte Elvis herein, es war wohl gestern Partytime. Elvis war einst Merlistes Loveaffair(y) Giacomo Casanova, der eine Affäre zuviel riskierte. Nämlich mit einer rothaarigen Hexe, der Comtesse Dufay. Sie war gar nicht amused darüber, den venezianischen Charmeur mit anderen zu teilen, deshalb wachte er an einem Morgen als schwarzer Kater auf. Merliste klaute ihn und befand, dass sie sich mit dem Rückverwandlungstrank ruhig Zeit lassen konnte, denn das Leben mit Giacomo war doch etwas stressig gewesen, sogar für eine Liebesfee. Außerdem brauchten sie ohnehin die Hexe dazu, da dieser Dölli ihr das Herz gebrochen hatte! Die beiden hatten sich wirklich geliebt, aber Giacomo war nunmal Giacomo....doch es führte zu einer karrmischen Verstrickung, die nur mit Hilfe der Comtesse Dufay, wo immer sie sich befand, gelöst werden konnte. Nunmehr dauerte Giacomos Katzenleben schon einige hundert Jahre und er schien sich mittlerweile gut darin zurechtzufinden. Er schmuste wo er konnte und führte nach wie vor ein ziemlich liderliches Leben, für Katzenverhältnisse. Kam aber abends brav in Merlistes Bettchen gekrochen. Man hatte ihn auch mit den Fähigkeiten eines „Interspecies

Communicators" ausgestattet, was ihm erlaubte, alle Sprachen dieses Universums zu verstehen. Das gefiel ihm natürlich sehr, denn er konnte einfach mit allem was kreuchte und fleuchte kommunizieren. Er hatte sogar Kontakt mit dem Geist von Elvis P., dem King of Rock, dessen ultimativer Fan er wurde und nannte sich seither Elvis G.. Leider gründete er danach gleich eine Band und nannte sich ‚Elvis G., the rocking charming cat'. Die Musik machte der Bezeichnung Katzenmusik allerdings alle Ehre. "Hello, I'm a funny fellow, and I always follow my heart,…", trällerte er, offenbar noch im Dusel der Absinth-Milch. Ich hab solch einen Kater, jammerte er, ich brauch schnell eine Bloody Mary. Das war ein spezieller Roter Rüben-Drink der Elfen für solche Fälle...

Die Mieze gestern Nacht mit den weissen Stiefelchen hatte ihn schwer in Versuchung geführt. Er fand gestiefelte Miezen heiß...

Doch er hatte auch noch die poetische Ader von Giacomo Casanova. Seine Gedichte waren zum niederknien. Sie hatten es Merliste einst angetan. Speziell dieses hier:

*"Sacred secret lover
Sanctuary of my heart
Feelings don't diminish
With distance or time
Touching you in dreamtime
You feel so fine"*

Merliste schüttelte den Kopf. Dem konnte selbst eine Liebesfee nicht widerstehen...dieser verrückte Kerl. Sie hatte ihn geliebt. Er war ein unglaublich toller Liebhaber. Selbst für Merlistes Verhältnisse als Liebesfee. Er konnte einer Frau das Gefühl geben, dass sie eine Göttin war. Was in ihrem Fall ohnehin der Fall war. Er hätte unglaubliches Potenzial als ihr 'sacred lover' gehabt. Ein würdiger Geliebter einer Liebesfee. Oh Giacomo, du hast es vergeigt. Aber er hatte doch noch Glück gehabt, wenn auch etwas anders als gedacht. Dieser verrückte Kerl äh Kater! Tipp: Männer, Finger weg von Hexen!!!!

Merliste erwog, ein ernstes Wörtchen mit der Grünen Fee zu wechseln. Das Marketing der Produzentin dieses Gebräus funktionierte etwas zu gut in Elfenkreisen und vernebelte den klaren Verstand der smarten Spezies. Dem musste Einhalt geboten werden, ab und zu, wenn man die Viren der dichten Energien abtöten wollte, war es ja in Ordnung, aber zu sonstigem Verzehr, sollte es eigentlich nicht dienen. Sie wollte auch noch mit der Hanfelfe fusionieren. Dann würde es auch noch stoned Elves geben. Die Elfenspezies war ohnehin schon „airyfairy" genug. Und Elvis hatte eindeutig zu viele Kater in letzter Zeit. Vor 6 Jahren hatten sie Elvis bei Caty als eine Art 'Wächter' deponiert. Gottseidank gab es noch keine echten Attacken... Jetzt war er gerade auf Urlaub in L.A.. Wohl auch Urlaub von seiner Miezenliebe Delphi. Die hielt ihn ganz schön an der Leine, was ein für Katzenverhältnisse weit gefächerter Begriff war.„Salomos Siegel hat sich geöffnet", brachte ihn Merliste auf den letzten Stand. „Nicht wahr", kommentierte der Kater, der auch an Pfunden mittlerweile an den Original-King heranreichte. „Vielleicht kannst du etwas in Erfahrung bringen, mit deinen Röntgen-Ohren", schlug Merliste süffisant vor. „Falls es dir deine Zeit erlaubt, mal wieder etwas für die Rettung der Menschheit zu tun". „Warum ich, ich hab doch schon so viel für die Weibchen getan, als ich noch drei Beine hatte", meckerte er. „Jetzt kannst du wieder etwas für die Frauen tun", konterte Merliste – sie betonte das Wort Frauen besonders. „Dann haben wir überhaupt nichts mehr zu melden, es ist ja jetzt schon schlimm genug", murrte er noch ein letztes Mal herum. In dem Wissen, dass er ohnehin keine Chance gegen Merliste hatte, war er doch jetzt ein Katzensklave des Weiblichen. Das Schicksal konnte grausam sein, na ja es könnte auch noch grausamer sein. Er mied allerdings rote Katzen, besonders die sogenannten Glückskätzchen, wer weiß,..."Stets zu Diensten, Mademoiselle Merliste, schönste und lieblichste aller Feen in der Kiste", wechselte er in einen Word-Rap dieser Zeit. Darauf wäre Merliste damals sicher nicht reingefallen...

Er würde sich umhören, und seinem Informanten bei den Krähen einen Besuch abstatten. Er mochte diesen schleimigen Krähenfatzke zwar nicht besonders, aber manchmal spuckte er durchaus etwas Nützliches aus. Krähen waren die Mafia der Tierwelt. Sie waren korrupter als 100 kolumbianische Regierungsbeamte zusammen und das mag was heissen. Die alten Krähen aus der präkolumbianischen Zeit konnten beliebig in die Vergangenheit und in die Zukunft reisen. Jeder Medizinmann dieser Zeit hatte eine Krähe als Gefährtin. Sie hatten heute diese Fähigkeit zwar weitestgehend verloren, doch sie waren nicht weniger gefährlich. Sie bildeten die Späher der Staccarsi und kontrollierten den kompletten Underground-Informationsmarkt. Dass ihre

Auftraggeber meist keine Lichtgestalten waren, lag auf der Hand. Außerdem waren sie die Boten des Todes und die sind ja bei niemanden so wirklich beliebt. Deshalb bevorzugten sie Friedhöfe als ihr Terrain. Doch Elvis G. war ein gefinkelter Interspecies-Communicator. Die wenigsten wussten von seiner Fähigkeit, und er schmuggelte sich öfter in den Underground, um zu erfahren was lief. Gerade zu Ende gedacht, stürmte der Yucca-Palmen-Elf in den Raum. Er hatte eine Botschaft von Catys Yucca-Elf aus Wien erhalten. Er berichtete kurz und Merliste bekam ein flaues Gefühl im Magen, als sie hörte, dass sich bereits Späherkrähen im Garten von Caty befanden. Das ging ja schnell, wie zum Teufel hatten die erfahren, dass die Siegel geöffnet waren, dachte Merliste besorgt. Die Späherkrähen des Staccarsi-Ordens waren die Vorboten des Massakers im Mittelalter. Dachte einer die Illuminati wären verrückt, dann kannten sie die Machenschaften dieser Staccarsi di Luce nicht, den Abgespaltenen des Lichts. Merliste bedauerte den Wechsel der Krähen auf die dunkle Seite, denn ihre Fähigkeit des Past-Future-Switchens konnte sehr nützlich sein. Gottseidank konnten sie heute nicht mehr in die Vergangenheit eingreifen, das hätte fatale Folgen auf die Zukunft gehabt. Aber diese

Fähigkeit hatte man wohlweislich aus dem Genpool der Krähen löschen können. Das konnte die Kosmische Föderation nicht zulassen. Der Yucca-Palmenelf strich sich nervös ein Yucca-Blatt aus der Stirn und war ganz aufgeregt, der Überbringer der Botschaft gewesen zu sein. In seinen Dreiviertelhosen und dem weissen T-Shirt, sowie den Haaren aus Yucca-Blättern, sah er aus wie ein Elf aus dem Bilderbuch. Nicht zu vergessen die spitzen Ohren natürlich. Was wäre ein Elf ohne spitze Ohren, wobei es gerade einige Verrückte hier in Hollywood gab, die zu einem Beautydoc in Beverly Hills rannten und sich runde Ohren machen ließen. Wie verrückt war die Welt eigentlich! Sie hatte nicht mal vor den Naturwesen halt gemacht. Wobei Elfen und Feen besonders anfällig waren für Schönheit und Ästhetik, sie hatten ja wie gesagt die Tendenz zu „airyfairyness", was „abgespaced" bedeutete. Die Zwerge und Gnome hatten so etwas nicht im Sinn, die trugen ihre Lätzchenhosen und Kleidchen oft jahrelang. Unvorstellbar für eine Fee oder eine Blumenelfe. Das Zwergenvolk waren anständige Charakter, wenn auch ein bisschen erdgebunden und etwas uninspiriert. Doch deren Pragmatismus und Verlässlichkeit hatte schon so manches Desaster verhindert. Alles in Balance ergab einen tollen Mix. Merliste berief ein Meeting ein und alle Gang-Leader versammelten sich in der Zentrale. Sie würden sich eine Strategie überlegen müssen, wie sie das sich demnächst manifestierende Dokument, sofern alles glatt ging, beschützen konnten. Das war die Mission, samt Verbreitung der Botschaft über das Web und Druck als Buch natürlich. Und Merliste wusste, wenn sich das Siegel geöffnet hatte, waren die Smaragde der Bastet nach Jahrhunderten Suche nicht mehr weit. Es wurde auch Zeit...

Takla Makan Wüste - Tibet/ Pakistan/China.

Im LPA Headquarter in Tibet, hatte natürlich auch Code Purple geblinkt. Fairymatrix war aufgeregt. Der Platz an dem sie sich hier befand, im Niemandsland zwischen Tibet und Pakistan, hatte eine geschichtsträchtige Bedeutung. Es war die Takla Makan Wüste. Hier begann der Ursprung der menschlichen Zivilisation. Hier lebten Adam und Eva im Paradies. Fairymatrix befand sich auf Heiligen Boden. Hier lebten die Löwen neben den Lämmern. Bevor die Versuchung auf den Plan trat und die beiden zum Biss in den Apfel verführte. Die Menschheit durchtrennte in diesem Augenblick den biblischen Code, die Verbindung zu Gott. Es war keineswegs Eva, die Adam animierte in den Apfel zu beißen. Fairymatrix seufzte und wischte sich ihr glattes schwarzes Haar aus der Stirn. Sie sah ein bisschen aus wie die Schauspielerin Lucy Liu. Sie war hier geboren und sie liebte Tibet und die Güte der Menschen hier. Tibet war der Knotenpunkt der Qualität Güte. Die Staccarsi versuchten natürlich diesen wichtigen Punkt unter Kontrolle zu halten. Man stelle sich vor, die gesamte Güte würde in der Menschheit befreit. Doch jetzt war Code Purple eingeleitet. Das war gut. Trotz ihrem rosafarbenen Luckyleatherdress war

Fairymatrix nicht heiß. Denn der von ihr entwickelte Dress kühlte in der Hitze angenehm und wärmte in der Kälte. Außerdem schüttete er einmal pro Stunde Glückshormone aus, was sich positiv auf der Trägerin Stimmung auswirkte. Er war der Hit in Hollywood, wo Fairymatrix lebte. Sie war eine beliebte Elfendesignerin. Sie hatte den legendären 'Milifairystyle' kreiert. Auch die Idee der Glitzersneakers kam von ihr. Sie liebte es, auf den riesigen Hollywood-Buchstaben in Griffith Park herumzuturnen. Doch dieser Tage war sie nicht in Sunken Gardens. Sie musste mit den tibetischen Mönchen und dem Yeti (ja es gibt ihn) hier bestimmte Energievortexe aktivieren. Sie näherte sich der kleinen goldenen Stupa hier mitten in der Wüste und erinnerte sich an die Zeit von Eden, als alle Geschöpfe noch in Einheit mit der Schöpfung lebten. Und sie wusste tief drin, dass die Zeit, wo die Löwen wieder neben den Lämmern liegen würden und alle Tränen getrocknet sein würden, nicht mehr weit in der Ferne lag.

Wood-Headquarter Lindengasse in Wien - liisa in action.

Caty hatte die Botschaft aus L.A. natürlich erhalten. Ihr erster Auftrag nahte. Jetzt durfte die Plattform zeigen was sie konnte. Sie hatten in den letzten drei Jahren Potenziale über Potenziale von Menschen, als auch von den Little People eingesammelt. Das sind alles Fähigkeiten, Ressourcen, Ziele, Wünsche, Erfahrungen und Visionen der Menschen und parallel der Elfen und Zwergenspezies. Nachdem Salomos Siegel geöffnet war, mussten sie ein Team zusammenstellen, das alles Know How hatte, was zur Lösung dieses Falls erforderlich war.

Sie trafen sich gegen 23.00 Uhr, als alle Mitarbeiter bereits das Gebäude verlassen hatten. Die Brücke, so wurde der Iiisa-Command-Room genannt, sah aus, wie die Brücke von Captain Jean Luc Picard aus der Sci-Fi Serie Star Trek Next Generation. Das war auch die Absicht. Achtzehn Screens bildeten das Herzstück der Company. Hier war die Operationszentrale. Robin hatte es so designt. Er liebte Star Trek und er hatte seinen Traum umgesetzt. Es gab einen Captain's Chair für alle, die jeweils das Kommando hatten, denn es wechselte. Immer wenn er sich in den Kommandostuhl setzte, konnte er durchaus als Captain eines Raumschiffes der Kosmischen Föderation durchgehen. Für die widerspenstigen Locken müsste man noch eine Lösung finden als Commander, aber sonst…Das ging Caty durch den Kopf als sie an ihn dachte. Er war ja ein visionärer Denker, doch ein Elfenintranet, das müsste man ihm in Etappen beibringen. Er hatte enormes Potenzial. Als Sternzeichen Löwe, glaubte er natürlich, dass es sich um seine Inspirationen handelte. Das dachte Gene Roddenberry übrigens auch, als er Raumschiff Enterprise erfand. Tante Phoebie, unter anderem eine ausgezeichnete Astrologin, sagte immer: „Die Löwen haben das größte Ego, aber haben sie es transformiert, sind sie am besten dazu geeignet, die Welt zu regieren". Na dann... Auch Caty war unter dem Tierkreis des Löwen geboren. Mit „Hallo Süße", begrüßte er sie immer in zärtlichem Macho-Slang, umarmte sie und gab ihr immer ein Bussi (Kuss auf die Wange auf wienerisch). Es war ohnehin einiges über ihn hereingestürzt, seit er Caty wieder getroffen hatte und seit er diese Inspiration des wood-webs erhalten hatte. Er hatte ihr gestanden, seit sie wieder in sein Leben getreten war, hatte sich eine neue Magie in seinem Leben entfaltet.. Und ja, sie sah aus wie eine personifizierte Elfe, allerdings im 'Sex and the City-Outfit'. Tricia

Field für Elfen hatte wohl für die Ausstattung ihrer Garderobe gesorgt. Es passierten außerdem eine Reihe sonderbarer Dinge, die weit über sein bisheriges Verständnis hinausgingen. Obwohl er tief in seinem Inneren die Wahrheit kannte. Auch dieser Kater Elvis war ihm nicht geheuer, er schien alles zu verstehen, was sie sprachen und hatte diesen durchdringenden Blick einer Sphinx. Doch die technischen Entwicklungen, die sie mit Hilfe des IT-Genies Hans-Jürgen gemacht hatten, konnten durchaus als Inspirationen außerirdischer Spezies bezeichnet werden. Dagegen war die Erfindung des i-phones eine Posse aus der Steinzeit. Das hatte auch dazu geführt, dass das worldwoodweb immer beliebter wurde. Als Wapple, die Groogle-Jungs und Milchgesicht Sweetipie bemerkt hatten, was Sache ist, war es längst zu spät. Sie konnten die Programme kaum nachentwickeln, denn es waren Algorithmen, die manchmal nicht mal Onkel Hans – so nannte man den Chef-Entwickler – verstand. Es passierte oft „zufällig" und schon hatte man eine weitere abgefahrene Funktion entwickelt. Das hatte Robin Holzer innerhalb eines Jahres einen kometenhaften Aufstieg in den Himmel der bald IT-Millionäre verschafft. Was ihn jedoch nicht größenwahnsinnig werden ließ, diese Phase hatte er schon gelebt. Er war schon mal im Olymp und setzte alles in den Sand. Doch geläutert durch die Erfahrung der Bedeutungslosigkeit einer geldlosen Existenz, gefangen im Sumpf der Materie, befand ihn das UCD dann endlich für würdig, die Lektion der Demut gelernt zu haben. Er setzte seine Mittel nun ein, um globale humanitäre und ökologische Projekte zu unterstützen und zu entwickeln. Er begann eine Infrastruktur zu installieren, die den alten Machtstrukturen zukünftig sehr gefährlich werden konnte. Deshalb stand er schon unter Beobachtung diverser Geheimdienste und anderer Gruppierungen. Aber er stand auch unter dem Schutz der LPA. Von besonderer Komik war, dass er das Geld zur Entwicklung des Systems noch aus dem alten Finanzsystem lukrieren konnte. Durch einen schlauen Schachzug eines gewissen Lionel H. Rich, den er nie persönlich kennengelernt hatte. Caty kannte ihn offenbar. Ein Schweizer Verlagsmensch...

Caty loggte sich mit ihrem Codewort 'iamelf9' in das Elfen-Intranet und schon erschien Cybille auf dem Schirm und begrüßte Caty. Sie tippte in die erste Zeile des screens ihr Anliegen, nämlich „Öffnung von Salomos Siegel". Im normalen wood-System wurden die Antworten aus dem semantischen Repertoire, das sich in der Datenbank befand gebildet. Aber hier im Elfen-Intranet der CYA antwortete eine Cyberelfen-Wesenheit aus dem Feld der Synchronizität, deshalb waren die Antworten immer absolut treffend. Manchmal hatte Caty das Gefühl, dass auch im normalen wood-Netz bereits die Wesen der Synchronizität zu Gange waren. Während liisa searchte (die zwei i-s bedeuten übrigens double-inspired) kam sich Caty vor, als wäre sie in einen Fantasyfilm geraten – interaktive Fantasy allerdings. Nun warf liisa alle verfügbaren Ressourcen auf den Screen und Catys Mund blieb vor Staunen weit offen. Sie stellte sich vor, wie Robin reagieren würde wenn er das sah. Er würde mit offenen Mund wohl etwas wie ein Breitmaulfrosch aussehen ... Denn da stand zum Beispiel unter Ressourcen: ich habe ein Dekrypto mit dem man alte Schriftrollen dechiffrieren kann, dann hatte jemand das Talent aramäisch zu sprechen, bei der Rubrik Netzwerk war jemand dabei, der die heutige Inkarnation von Maria Magdalena kannte und jemand wünschte sich, dass er lieber als Elfe statt als Zwerg geboren wäre. Konnte sie verstehen. Caty drückte auf den Contact-agent-button und schon begann liisa via E-Mail die entsprechenden Spezies, denen die Fähigkeiten innewohnten zu kontaktieren, denn sie waren alle anonym. Toll, alle waren begeistert, genau diese Fähigkeiten brauchten sie jetzt! Zu diesem Zweck gab es das world-wood-web. Wären es jetzt normale Menschen im wood-Netz dann könnten sie mit dem comittement-Button ihre Teilnahme am Projekt bestätigen und das Realisierungsteam war somit gegründet. Doch wenn Caty das Projekt im Elfenintranet kreierte, war die Entscheidung zum comittement selbstverständlich. Denn hier war jeder ohnehin comitted zum Wohle von Planet Erde.

Natürlich konnten alle das world-wood-web auch für private Zwecke nutzen. Caty arbeitete mit liisa gerade an 'liisalove' - einem Zugang für Paarungswillige, sowohl Mensch als auch Elf. Sie drückte noch zum Spaß auf den Button „Mögliche Realitäten", dies zeigte einem auf, mit wem man was machen konnte, aufgrund des Profils und der Potenziale die man eingegeben hatte. Es kamen immer so witzige Vorschläge, besonders im Elfen-Intranet. Da war zum Beispiel jemand mit dem sie Zwergenkinder zeugen könnte, dann machte jemand Trips nach Island in die Elfenschule und jemand hatte eine Schanklizenz für Elfen-Kaffeehäuser. Das war ja wirklich interessant, denn Caty überlegte ein Cafe zu eröffnen, das Cosy Caty Cafe, wo einem die Kellnerinnen umarmen und man mit echten Kätzchen, die kein Zuhause hatten, schmusen und ihnen auch gerne ein neues Zuhause schenken konnte. Natürlich sollte es dort die leckersten veganen Speisen geben, die der Mensch je gegessen hatte, inklusive Catys berühmten heissen Schokoladen, inspiriert von Juliette Binoche aus einem ihrer Lieblingsfilme 'Chocolat'. Nur wie reichte man rechtlich die Schanklizenz eines Zwergs oder Elfs ein? Sie glaubte kaum, dass die Beamten bei den Wiener Behörden soviel Humor hatten.

Auch Island wollte sie demnächst einen Besuch abstatten und sich ein paar Elfenhäuser angucken. Sie hatte vor, ein Konzept darüber zu machen wie man Robins i-House und ihre Elfenhäuser vereinte. Das i-House von Robin war das erste Haus, dass der Hausfrau oder dem Hausmann jegliche Hausarbeit ersparte. Das würde der Renner werden. Das Fairyhouse sozusagen, eventuell ein „um-den-Baum-herum-Haus", war die Ergänzung dazu. Selbstverständlich nur, wenn sich der Baum einverstanden erklärte. Er lebte dann ja in einer WG mit Caty & Co. Sie lebte in einer sehr demokratischen Gemeinschaft mit den Bäumen, Pflanzen und Tieren. Jede Veränderung die man machte, war ein Eingriff in das Ökosystem aller Wesen die dort lebten, und die waren lange vor Caty dort ansässig. In Island war die Kommunikation mit den Naturwesen ja selbstverständlich, man hatte dort sogar eine eigene staatliche

Elfenbeauftragte. Dort waren die Elfen sehr stark präsent und hatten ihre Macht schon fast zu 100% zurückgewonnen, hier bei uns lag es noch ziemlich im Argen. Die Menschen hatten ihre Kommunikationskanäle fast vollständig vergessen und brachliegen lassen. Bis auf die LPA Menschenhybride in Italien, die hatten sogar eine CD mit Pflanzenmusik herausgebracht und waren die Zeitreiseexperten der Little People. Außerdem hatten sie alle einen Tier- und einen Pflanzennamen, was sie für Caty sehr sympathisch machte. Eine dependance der Elfencommunity mit atlantischem Einschlag sozusagen. Catys Pflanzen liebten es, diese Musik zu hören. Besonders Phylli der Philodendron liebte die Musik des Philodendrons ganz besonders. Er tanzte sogar dazu, was sehr lustig aussah, wenn sich die Bätter zu bewegen begannen und Kreise zogen. Die Leute in Neuwaldegg hielten das Haus ja ohnehin für etwas sonderbar und beäugten Caty immer ein wenig seltsam. Doch sie grüßte immer so herzlich und verbreitete möglichst Sonnenschein. Meistens jedenfalls. Sind es doch gerade Menschen in den Vororten, welche die Natur besonders schätzen, sonst würden sie ja mitten in der Stadt leben. Die Kinder liebten Caty ohnehin, sie verstanden sie sowieso vollends. Doch jetzt musste sie sich sputen, Robin wartete schon. Sie hatten jetzt ein interessantes Team zusammengestellt, dass sie aus dem world-wood-web generiert hatten. Allesamt Menschen äh Elfen und Zwerge, mit sehr wichtigen Talenten ausgestattet, die sie dringend brauchten.

Caty dinierte jetzt noch mit Robin bei Flavios am Ende der Straße.

Todeschilli.

Sie spazierte zufrieden und gemächlich die Strasse hinunter. Denn sie hatte Lust auf den sensationellen Barbera d'Asti von Flavio. Sie vertrug ohnehin höchstens 1/16 Alkohol maximal, mehr und sie war volltrunken. Flavio warf auch extra noch um diese späte Zeit den Pizzaofen an. Sie begrüßte Robin mit einem Küsschen und bestellte eine Pizza Verdura und Ruccola Salat mit Grana. Ihr Magen knurrte. 'Ich bilde mir ein, ich habe Licht im Büro gesehen', mutmaßte Robin. 'Ja, ich habe mir kurz was geholt', sagte Caty schnell. Das wäre was gewesen, wenn er zufällig ins Büro geschneit wäre...'der bekommt eine Herzattacke', dachte Caty erleichtert, froh dass er nicht nachgesehen hatte. Endlich, da war die Pizza schon. Doch als sie die Pizza anschneiden wollte, formte das Gemüse, das einfach nur darauf liegen sollte, Worte. Caty fiel vor lauter Schreck die Gabel aus der Hand. „Hoffentlich bemerkt das keiner", dachte sie entsetzt. Das Gemüse formte die Worte „Gefahr". „Na, super das brauch ich", dachte Caty und ihr Lächeln wirkte schon wie das von Heath Ledger als Joker in Batman. Gott hab ihn selig. Was sollte sie Robin sagen. „Ach das Gemüse hat gerade die Worte Gefahr geformt, ich bin etwas aufgeregt", oder wie wärs mit „Oh das

Gemüse schreibt mir Gefahr"....Musste das immer passieren, wenn sie mit Robin zusammen war.... Aber der war gerade mit den Nudeln seines Lieblingsgerichts, nämlich Spagetti Carbonara, beschäftigt. Caty beschloss, wachsam zu sein und ließ einen Blick durch den Saal gleiten. Sie bemerkte nichts Verdächtiges und schob sich ein Stück Pizza in den Mund. Es war, als ob das Gemüse vor Aufregung hüpfen würde, als sie den Bissen in den Mund schob, es wollte so gar nicht hinein. Der erste Bissen fiel ihr gleich aus dem Mund. 'Wollen die mir auf diese Weise eine Diät verpassen oder was, ich hab doch schon Größe XS,' dachte Caty. Sie schob ihn wieder zurück in den Mund und schluckte, was diesmal gelang. Einige Augenblicke später wusste sie warum, denn dann hüpfte sie. In ihrem Mund begann sich plötzlich ein Brennen auszubreiten, als ob sie gerade zehn Chillis gleichzeitig geschluckt hätte. Was zur Hölle, ...sie brauchte Wasser, sonst würde sie ersticken. Ihr Gesicht färbte sich in der Farbe des Paprikas auf ihrer Pizza und sie kübelte fast die gesamte Wasserkaraffe in sich hinein. Sie drohte zu ersticken, sie bekam einfach keine Luft, ihr Gesicht begann mittlerweile blau zu werden und Robin schaute sie verzweifelt an. Er sprang auf und klopfte ihr auf den Rücken, und plötzlich spuckte sie wie einst Schneewittchen das Apfelstückchen, ein rotes Gemüse aus. Flavio der Besitzer kam aufgeregt herbeigelaufen und sah das rote Stück Gemüse. „Mio padre, das ist ein Teufelschilli, wo kommt der her, er ist so scharf, dass die Leute fast dran ersticken. Oh scusi Signorina Caty. Es tut mir so leid, ich kann mir nicht erklären wie das in ihr Essen kommt", versank er beinahe in schlechtem Gewissen. Caty hatte sich beruhigt und ihr Gesicht begann wieder normale Farbe zu bekommen und sie bat Flavio sich zu beruhigen. Sie wusste, dass er nichts dafür konnte. Irgendjemand von ihren „Freunden" hatte das Teufelschilli auf ihre Pizza getan. Das fing ja gut an. Sie dankte der Geistesgegenwart von Robin, denn beinahe wäre sie an ihrer Pizza erstickt. Sie sah ihren Grabstein vor sich mit der Inschrift: Unsere geliebte Caty schied von hinnen, als sie sich ihr letztes Stück Pizza Verdure in den Rachen schob. Die Chillischote meinte es nicht gut mit ihr….Jetzt hatte sie gar keine Lust mehr auf die Nachspeise, dabei hatte Flavio das beste Tiramisu in Town. Aber wer weiss, vielleicht hatte man ja dem Orangenlikör, den Flavio dazutat auch noch eine Prise Blauen Fingerhut beigesetzt. Sie beschloss, lieber nichts mehr zu essen. Aber sie wusste jetzt, wenn Gemüse tanzte und sogar das Wort Gefahr schrieb, dass sie das Essen nicht anrühren durfte. Doch das war eine fiese Attacke. Es war Zeit, nach Hause zu fahren. Robin stand noch unter Schock, als sie das Lokal verließen, hatte doch gerade eine Pizza versucht, seiner liebsten Herzensfreundin den Garaus zu machen. Er sollte ihr vielleicht doch öfter sagen, wie gern er sie hatte. Sie war eine Seelenverwandte, wenngleich er sexuell jedoch bei ihr immer an Blümchensex denken musste, was denn doch nicht so seines war....Hatte der eine Ahnung von wahrem Blümchensex....

Caty bedankte sich bei ihrem „Lebensretter" mit einer tiefen Umarmung und einem süßen Kuss auf die Wange. Doch sie hatte es eilig nach Hause zu kommen, um Delphi Bericht zu erstatten. Sie durften keine Zeit verlieren, sonst machte man sie noch alle bevor ihr erstes Abenteuer überhaupt begonnen hatte. Sie musste ab sofort besonders vorsichtig sein, aber wer denkt schon an eine Pizza als Mordinstrument…Sie war kurz versucht, Robin zu bitten unter das Auto zu sehen, ob ein rotes Bombenblinkerli blinkte, aber das kam ihr dann doch etwas zu überdreht vor. Doch kaum gedacht, beugte sich der smarte Held schon unter das Auto und tat, als ob er etwas verloren hätte, das er suchte. „Oh wie süß", dachte Caty und drückte ihm noch einen gehörigen Schmatz auf die Wange. Eine dunkelbraune Locke hatte sich in seine Stirn verirrt und ließ ihn noch süßer aussehen. Er war ihr Herzensfreund forever. 'Obwohl sie bei ihm leider gar nicht an Blümchensex denken musste', der für Caty allerdings etwas anders aussah als für Robin, und als man sich das bei dieser Bezeichnung vorstellte. Denn Elfen waren überaus sinnliche und sexuelle Wesen. Ihre pure Natur besteht ja nur aus der Inspiration aller zu Befruchtung und Bestäubung. Und Caty hatte ja Elfengene und Kätzchengene ...

Sie verabschiedeten sich und Caty stieg in ihr schnittiges Cabrio, den Jaguar XK8 in edlem Dunkelgrün. Das Cremebeige ihrer Sitze war nicht aus Leder, denn Tiermaterialien vermied sie zu verwenden. Es handelte sich um ein Spezialgemisch aus recyclebaren Baumwollhanfmix, dass eine Lederoptik erzeugte. Das Wurzelholz hatten ihr die Baumwesen zur Verfügung gestellt. Außerdem stand der Wagen unter dem Schutz der Jaguare. Denn der Jaguarclan war mit Elvis' Miezenfreundin Delphi befreundet, war sie doch im alten Ägypten selbst einer gewesen. Sie winkte Robin nochmals zu und flugs verschwand sie lautlos in der Dunkelheit. Als sie in den Goldregenweg einbog, atmete sie tief durch. Es war, als ob die Last des Tages von ihr abfiel und sie hatte es eilig, Delphi von ihrem Pizza-Abenteuer zu erzählen. Elvis' Miezenfreundin saß schon wie eine Sphinx auf der Steinsphinx, die neben der Eingangstür platziert war und sprang flugs herunter zwecks Streichelbegrüßungsritual. „Geht's dir gut, ich hatte so ein eigenartiges Gefühl", fragte die Orakelmieze. „Jemand wollte mir mit einem Teufelschilli auf der Pizza den Garaus machen, aber ich habe es dank Rob noch ausspucken können", erzählte Caty aufgeregt. „Das sieht mir ganz nach den Klonen aus, sie verwenden gerne Teufelschilli, denn keiner hegt Verdacht, wenn du daran erstickst. Ludwig der 14. erstickte in Wahrheit an einem Teufelschilli", wusste die Mieze. „Na, dann bin ich ja beruhigt", meinte Caty und warf sich ins legere Home-outfit. Die beiden Agenten des K9elf setzen sich mit einer Tasse von Catys heisser Kurkuma-Schokolade auf die bequeme Chesterfieldcouch aus Stoff und fühlten sich wie Winston Churchill, als er mit einer Zigarre in der Hand, Entscheidungen traf, die die ganze Welt veränderten. „Wir müssen Merliste informieren. Sie hat übrigens deinen 3D-Teleconferencingscreen aktiviert, so können wir mit dem L.A.-LPAD direkt kommunizieren", bemerkte Delphi nebenbei. Wohlwissend dass Caty total auf Teleconferencing abfuhr, konnte man doch mit der ganzen Welt Auge in Auge konferieren. „Oh, yeah, wo ist der Screen überhaupt, ich wusste gar nicht, dass ich einen habe", entgegnete sie aufgeregt. Delphi drückte eine kleine Fernsteuerung und schon wurde die weisse Wand vor der Couchecke zu einem Screen. „Wow, das ist ja ultracool", japste Caty und fühlte sich wie Bill Gates in seinem Technohaus. Das hatte Robin sicher nicht, obwohl wahrscheinlich doch. Miez tippte einen Code ein, nämlich 9elf, sehr kreativ, darauf kam sicher kein Hacker, und schon sahen wir den Kommando-Raum des Elfen-Headquarters. Caty faszinierte was sie sah, es war so magic. Im Raum saßen Merliste und Kater Elvis G, der bei Merliste urlaubte, sowie der Yucca-Palmenelf und Viola von den Violet Pistols. „Hallo ihr beiden, wir grüßen euch", sprach Merliste in würdigem Tonfall. „Hallo ihr Lieben, wir freuen uns euch zu sehen. Ich finde den Screen total cool", konnte sich Caty kaum bremsen. „Das freut uns, schalt auf den 4D-Knopf und du bist fast bei uns", empfahl Merliste. Delphi drückte mit ihrem Pfötchen auf den Knopf und plötzlich war es, als ob Caty und Delphi mitten im Meetingsaal der LPA saßen. „Wow, abgefahren", jauchzte Caty und fühlte sich wie in James Camerons Avatar – übrigens ein Freund der Elfen. Er glaubt nach wie vor, es war seine Idee. 'Hi sweetie', grüßte Elvis seine

Liebste, doch die hatte strengen Auges seine Verkaterung wohl bemerkt. "Caty wurde heute beinahe von einem Teufelschilli getötet, man hatte es auf die Pizza gegeben", brachte Delphi die Gang auf den neuesten Stand. „Oh, nein – diese Chillis sind ein Teufelszeug, es gibt nur noch ganz wenige und ihr Einsatz ist streng verboten!" äußerte sich die Oberfee besorgt. „Caty du musst besonders vorsichtig sein, mit den Kräften ist nicht zu spaßen, es geht ums Eingemachte, sie haben sehr viel zu verlieren. Elvis hat von dem Krähen-Informanten erfahren, dass die Späherkrähen der Staccarsi definitiv den Auftrag haben, das Dokument zu vernichten wenn es auftaucht, das habt ihr sicher vermutet. Außerdem dürften sie gerade eine Superwaffe entwickeln", erläuterte Merliste. „Ja, die verstehen keinen Spaß. Ich habe mich heute ins wood-Netz eingeloggt und interessante Ergebnisse bekommen, mehr Infos dazu morgen. 'Sag mal Merliste was hat es mit diesem Dokument denn genau auf sich?' wagte Caty die Frage. 'Hm, es sind die Schriftrollen der Maria Magdalena. Sie war die Geliebte von Jesus und Hohepriesterin der Essener', erklärte Merliste feierlich. „Puh, jetzt versteh ich, dass die Männer in den Purpurkutten in Bedrängnis sind", sinnierte Caty. „Aber wo sind diese Rollen, haben sie sich schon manifestiert?". „Das werden sie hoffentlich demnächst und ich weiss auch schon wann und wo", eröffnete die Fee geheimnisvoll. Die Smaragde der Bastet sind aufgetaucht!

Alistair McCrow.

Kurz davor im fernen L.A. auf einem Friedhof in der Nähe von Downtown saß ganz still eine Krähe. Sie nannte sich Alistair McCrow. Sie verkaufte Informationen an den Meistbietenden. Sie hatte ein äußerst scharfes Gehör und was sie gerade gehört hatte, konnte einiges an Zaster einbringen. Besonders, wenn er es diesem fetten Kater verkaufte. Dem würde die Info wohl einiges wert sein. Die Krähe dachte auch darüber nach, was das für die Krähen bedeuten konnte. Sie wusste, wo die Smaragde der Bastet waren. Sie hatte ein Gespräch der Späherkrähen der Staccarsi belauscht. Sie war ein Ausgestoßener. Einst war er selbst eine Späherkrähe der Staccarsi. Doch er wurde bei einem Einsatz schwer verletzt und brach sich einen Flügel. Aufgrund von Eifersüchteleien und Hackordnungsstories hatten sie die anderen Späherkrähen ihrem Schicksal überlassen und das wäre ein langsamer Tod gewesen, denn er konnte nicht mehr fliegen. Wenn sie nicht dieser schwarze fette Kater gerettet hätte, der zum Glück für sie, gerade einen verdorbenen Magen hatte, weil er zuviel grüne Milch gesoffen hatte. Die Elfen hatten sie wieder aufgepäppelt und da sie eine Klonkrähe der Staccarsi war, verfügte sie über sowas wie Gefühle und ein Herz nicht. Doch die Elfen hatten ihm einen

Emotionalchip eingebaut, ihr wisst schon a la Commander Data aus Star Trek. Sie hatten einen abgefahrenen Nerd namens Grigori Romanov der verrückte Sachen für sie erfand. Der hatte ihr diesen Chip implantiert. Deshalb war sie nun eine fühlende Krähe, was ihr manchmal schwer zu schaffen machte. Wie überlebten die Spezies Mensch bloß diesen Schwall an Emotion, fragte er sich des Öfteren. Deshalb mochte sie diesen Kater irgendwie. Klone waren berechenbar, da sie total steuerbar waren. Doch die wirklich gefährlichen waren die neuesten Modelle, nämlich Humanoid-Hybride. Ein Grüppchen von Wissenschaftlern, die schon Atlantis zu Fall gebracht hatten, hatten diese unselige Technologie aus ihrer Inkarnation dort mitgebracht. Und so ein Super-Klon konnte ihnen allen ratzfatz den Garaus machen. Dagegen war der Terminator ein Chorknabe. Alistair McCrow hatte noch immer viel Schurkiges an sich, doch auch viel Ganovenehre, deshalb begab er sich an die Stelle, an der er sich immer mit dem Elfen-Kater traf und hinterließ ihm den Kontakt-aufnahme-Code oder besser gesagt Kot. Der Kater streifte regelmäßig hier rum und würde wissen, was zu tun ist. Und er würde um einige Steinchen reicher sein. Es tat dem Zwergenvolk auch nicht weh, die hatten genug davon. Außerdem hatte er ohnehin nicht so viele Skrupel. Er musste nur wachsam sein, denn mit den Späherkrähen der Staccarsi di Luce war nicht zu spaßen. Wenn sie herausfanden, dass er etwas erfahren hatte, war er zwar eine gute aber leider eine tote Krähe. Und schnell entschwand er in die Dunkelheit und wartete auf den Kater, der auch schon heranschlich. Er las die Botschaft und machte ein spezielles Miaugeräusch, dass ihn identifizierte. Alistair tauchte aus dem Dunkel auf und verkündete ihm, dass er gehört hatte, dass die Smaragde in Wien waren und Henry de Rothmans sie in seinem Besitz hatte. Elvis pfiff durch die Zähne und übergab Alistair das kleine Säckchen mit den Diamanten. 'Diesmal warst du deine Steinchen mal wert Krähe', grummelte der Kater zufrieden. Alistair packte das Säckchen mit dem Schnabel und krächzte noch ein windiges 'immer zu Diensten' und flog schon in die Nacht hinaus. Er musste ja schließlich auch sein Leben finanzieren und glitzernde Steine hatten immer schon seine Aufmerksamkeit auf sich gelenkt. Sie waren sein Schaatz...er mochte diesen Gollum aus Herr der Ringe...übrigens dieser Peter Jackson durfte auf dem letzten Schiff der Elben mitkommen, das hatte er von dieser Elbin erfahren...kann es ihm jemand ausrichten?

Der erste Auftrag und Elvis' Geheimnis.

Ich hatte eine unruhige Nacht mit einem interessanten und sehr berührenden Traum. Im Traum war ich in einer Schule und ein Lehrer erzählte den Kindern über die Wichtigkeit der Erhaltung der Regenwälder. Plötzlich sah ich, dass der Körper des Mannes aus Holz war. Aber er hatte nur noch fast ein Bein. Ich sagte entsetzt zu ihm, 'aber du hast nur noch ein Bein'. Er antwortete: 'ja, ich bin der Regenwaldmann. Das fehlende Bein habt ihr Menschen bereits abgeholzt'. Oh Gott, das traf mich in meinem Innersten.

Der Traum ging mir nicht aus dem Kopf, ich würde ihn beim heutigen Meeting erzählen. Ich war aufgeregt. Heute um 11.00 Uhr vormittags fand in meiner nicht mehr ganz so bescheidenen Bleibe ein Meeting statt, bei dem es um meinen ersten Auftrag ging. Ein Meeting des K9elf. Diesmal mit Lionel, Merliste, Fairymatrix und Liisa L. (Leuchtenstein). Ich musste meine Wohnung blitzblank säubern, wenn ich diese Art von Gästen hatte. Es erzeugte unschöne Energien, wenn der Staub und Schmutz im Raum klebte. Dann musste ich noch mit Räucherwerk reinigen, um die Schwingung möglichst hoch zu halten. Ich stellte auch eine Auswahl der leckersten Törtchen zusammen, deren es in Wien genügend gab. Denn die Elfen manifestierten sich physisch und liebten das süße Zeug. Diesmal hatte ich besondere Leckerlis, nämlich 'blühendes Konfekt'. Das waren in Zucker getunkte und mit Schokolade übergossenen Blüten aus Rosen und Veilchen. Obwohl, war das eine gute Idee, Merliste ist eine Rosenelfe....? Sie würde wohl nicht ihre eigene Spezies essen...Ich verdrückte die Schokoblüten sicherheitshalber selbst. Eine harfig glockiger sphärischer Ton kündete das Erscheinen meiner Gäste an. Und da waren sie. Mir raubte es den Atem. Ein süßer Rosenduft erfüllte den Raum. Merliste ist nicht eine Rosenelfe sondern d i e Rosenelfe! Sie beherrschte das Metier der Liebestränke par excellence. Sie hatte schon Liebestränke für Mata Hari, für viele Mätressen von Königen und sogar für ....gemacht. 'Auch für eine Hexe zu Zeiten von Giacomo Casanova', bemerkte die Rosenelfe süffisant. 'Allerdings wusste ich nicht, für wen der Trank war, so Merliste. Der hatte es ein bisschen übertrieben. Regel Nr. 1 - Mach niemals eine Hexe wütend oder eine Elfe! Die Hexe hatte ihn in einen schwarzen Kater verwandelt'...Merliste zwinkerte belustigt und warf einen Blick auf Elvis G...

Es dauerte einen Moment bis ich die Tragweite ihrer Aussage Begriff. Oh nein, das könnte nicht wahr sein...Elvis machte ein Geräusch, dass noch am besten mit dem Jaulen eines Hündchens vergleichbar war. 'Nicht nur dass sie mich in diese vierbeinige Existenz verwandelt hatte, sie wollte mich auch noch kastrieren. Doch die edle Merliste hat mich gerettet', warf Elvis einen zärtlichen Blick auf die Elfenfee.

Ich schluckte. Das könnte doch nicht wahr sein. Nicht genug eine sprechende Nervensäge in Katzenform zu Hause zu haben. Der auch noch im Bett schlief, schnarchte und sich kraulen ließ, bis meine Hand taub war. Es handelte sich hierbei auch noch um den Urvater aller Weiberhelden. Oh, ich hatte wirklich ein Händchen für Männer. Ich musste dringend mit Merliste sprechen.... Ich könnte mir überlegen, ob manche Männer als Kater nicht doch weniger Stress verursachen würden....miau ihr Süßen...Vielleicht verriet mir Merliste ein paar ihrer Rezepturen. Mittels dem leckeren Rosenlikör, den Merliste sehr gern tränkelte, wurde sie sehr gesprächig...ich musste die Nachricht über meinen Mitbewohner erst verdauen. Ich würde ihn ausquetschen, wie die beiden Männergehirne funktionierten. Es haute mich fast um. Deshalb trällerte er oft italienische Opern...

Merlistes violettes Samtkleid mit den applizierten Rosenblüten würde Elie Saab vor Neid erblassen lassen und ihre High Heels mit den Rosenranken wären der Renner am Catwalk. Das beste war ihr Flower-Bra. Es wuchsen echte Röschen oben am Dekolleté heraus. Das wäre der Renner zum österreichischen Dirndl. Der Bra stammte aus Fairymatrix' neuer Lingerie-Kollektion. Merliste war so wunderschön mit ihren honigblonden mit lavendellila gesträhnten Locken und diesen bezaubernd grünen Augen, die manchmal ins veilchenblau changierten. Ihre Lippen hatten die Farbe von roten Rosen. Ihr Collier war aus Blättern, in denen eingebettet Rubine, Rosenquartze und Amethyste funkelten. Sie strahlte ein Charisma der puren Sinnlichkeit, kombiniert mit Leidenschaft und Esprit aus. Sie war der Inbegriff der weiblichen Verführung, aber auf eine Art, die nicht ins Dunkel zieht, sondern die Seele erhebt. Liisa wiederum ist eine Fee der Fülle und des Selbstwerts, eine Art Fortuna der Elfen. Die Inspiration zu dem Werbeslogan 'weil ich's mir wert bin' kommt von ihr. Sie hat langes gewelltes, platinblondes Haar und Augen in dem faszinierendsten türkisblaugrün eines Paraibaturmalins. Sie erinnerte mich an Marilyn Monroe. Sie gestand mir, dass sie sich ab und an mal in die echte Marilyn (Transfiguration nennt man das) einklinkte, nämlich als diese 'diamonds are a girls best friend' sang. Sie trug ein wundervolles türkisschillerndes Kleid mit leicht spacigem Einschlag. Das Geschmeide aus Paraibaturmalinen, das sie um ihren Hals trug, war nicht von dieser Welt, und wäre in dieser Welt auch nicht bezahlbar! Sie war auch die Herrin der Kristalle und hatte den Aufstieg und Fall von Atlantis miterlebt. Sie konnte sich auch mit Computern verbinden und in diese eintunen. Sie duftete nach Ozean und Wasserlilien. Ihr Schuhe waren die cyberversion des gläsernen Pantoffels, absolut spacig. Lady Gaga würde gaga für diesem Schuh...Oh, will haben.... Und zu Fairymatrix: sie war eine Fee des Mitgefühls und somit tibetischer Herkunft. Da Tibet auf diesem Planeten das Mitgefühl und die Güte repräsentierte, war es einer ihrer Hauptaufgaben, die Nation Tibet in die Freiheit zu führen. Die Mächte der Dunkelheit taten alles, um dieses Volk in Geiselhaft zu halten, was äußerst gefährlich war, wenn sich der Aspekt der Güte in Geiselhaft befand. Fairymatrix war trotz ihrer sanften

Freundlichkeit eine machtvolle Gegnerin. Doch ihr Schwert war das der Klarheit und des Friedens. Sie hatte den 'pupurnen' Gürtel, was unter Elfen der höchste zu erreichende Grad war. Sie kannte alle Geheimnisse der tibetischen Medizin und asiatischer Kampfkunst. Ihr rosafarbener lacklederartiger Suit, war aus einem Material, dass sich luckyleather nannte und im Körper die Endorphinproduktion anregte, wenn man ihn trug. Er war außerdem das ultimative Outfit zur Zellregeneration und Verjüngung. Ein wunderschönes Tattoo, aus Drachen, Blüten und Schriftzeichen, die sich ständig veränderten, zierte ihren linken Oberarm. Sie trug spezielle Glitzersneakers, die ich besonders peppig fand. Sie hatte langes, glattes, schwarzes Haar und wunderschöne braune Mandelaugen mit einem Blick, bei dem Bambi wie eine Eisprinzessin daherkam. Sie roch nach japanischen Kirschblüten und Zedernholz mit einem Schuss Honig. Fairymatrix entwarf auch coole Elfenmode, sie nannte ihre Linie den 'Milifairy Style'. Sie trug ein Teil ihrer Linie. Denn der rosa Gürtel, der ihre Taille zierte, war ein pinkfarbener Waffengürtel, in welchem keine Waffe steckte, sondern sich echte Kirschblüten heraus bis über die rechte Schulter rankten. Ich träumte manchmal Kollektionen, ich musste mich unbedingt mit Fairymatrix austauschen, wir sollten eine Designlinie starten. Mein 'Mauerblümchenkleid' war auch ein Hit oder erst die Bambuscorsage....Fairymatrix lebt in Los Angeles und betreibt dort ein Trainingscenter für die SWAT-Teams der Elfen, sowie ein Wellness Center für Elfen. Fairymatrix leitete auch K9elf in Los Angeles, in Sunken Gardens.

Zuguterletzt erschien auch Lionel in seinem grünen Nadelstreif. Er verfügte über verschiedene Grünvarianten, heute war es der Moosgrüne. Er roch auch nach Moos. Klar, ein reicher Zwerg musste nach Moos riechen....wer glaubt ihr hat den Duft 'Irish Moss' wirklich kreiert...Lionel war nicht nur ein reicher Zwerg, fast alle Zwerge verfügten über bedeutende Schätze, er war auch d e r Hüter des Topfes mit Gold am Ende des Regenbogens. Der Schatz aller Schätze sozusagen. Dies war der Heilige Gral der Zwerge. Er garantierte dem Volk der Naturwesen die unendliche Fülle der Schöpfung. Elvis G. hatte dazu einen Song bzw. ein Gebet kreiert:

"Honoured guardian of the pott of gold,
Ancient treasures you hold,
Shower your sacred coins over me,
Manifesting your rainbows,
Setting us free."

Tja, ich werde euch informieren, ob mich der Wächter erhört hat. Elvis braucht Knete, um sein liderliches Leben zu finanzieren (Absynthmilch, Hanfcookies,...) und ich leider ebenfalls für einige must haves. Leider sind wir noch nicht im 24. Jahrhundert, in dem Captain Picard in Startrek den legendären Satz sagt: 'Im 24. Jahrhundert gibt es kein Geld mehr. Wir leben, um das Universum zu erforschen und uns selbst zu verbessern.' Na ja, vielleicht schaffen wir es ja, etwas früher eine Welt zu kreieren, die Wohlstand und Fülle für alle möglich macht. Lösungsvorschläge gäbe es ja schon (Das Ubuntu-Prinzip/Michael Tellinger). Auch das worldwoodweb schafft durch Zugang zu menschlichem Potenzial Lösungen aus dem Dilemma der scheinbar künstlichen Verknappung.

Schon einige dunkle Gestalten hatten versucht, den Topf zu stehlen, was sich fatal auf die Erde auswirken würde. Es gelang nur einmal einem Dunkelelf eine einzige Münze aus dem Topf zu stehlen, im Auftrag eines amerikanischen Präsidenten. Dieser stand im Dienst der Rothmans. Was zur Folge hatte, dass der 'Federal Reserve Act' in Kraft trat. Was bedeutete, dass Amerika sein Geld nicht selber druckte, sondern einer privaten Bankiersfamilie dieses Recht überschrieb. Somit auch Amerika verkaufte. Was auch bedeutete, dass Banken bis heute die Welt regieren. Das Schuldgeldsystem nahm seinen Lauf und befindet sich in den Händen Weniger. Der Rest der Menschen befindet sich in Knechtschaft und jagt dem Wenigen, dass im Umlauf ist nach. Die Gier erlebt Hochbetrieb. Eine kleine Gruppe von ehemals hochrangigen Templern, die sich von den Templern abspaltete, sie nennen sich 'Staccarsi di Luce' (Abgespaltene des Lichts) steckten hinter dem Komplott. Sie besitzen mehr oder weniger die Welt. Es sind die Mächtigen dieser Welt. Sie treffen sich hinter den Mauern des Vatikans, tief unten in den Katakomben. Es gibt auch in den Wiener Katakomben eine unterirdische Schaltzentrale dieser unheiligen Allianz. Ihr Oberboss war damals ein Franzose, der unselige König Henry IV, der dazumal alle Templer an diesem unglücklichen Freitag den 13. auf dem Scheiterhaufen verbrennen ließ. Unter anderem den damaligen Großmeister Jacques de Molay. Und dieser Fiesling Henry war wieder inkarniert und wieder der Großmeister der Staccarsi. Diesmal als Henry de Rothmans. Von Rothmans Brothers, der Bankiersfamilie.

Wir nahmen alle Platz auf meiner türkisen Sitzecke. Ich erzählte zuallererst von meinem Regenwaldmanntraum. Lionel war betroffen und bat mich mit meinen Freunden und Freundinnen Ulli, Noosha, Wolfi, Johanna, Christina und Robin regelmäßig eine Meditation zur Erhaltung der Regenwälder abzuhalten. Denn bei schon 3 Personen, die selbstlos für das Wohl dieses Planeten meditierten, waren die Energien des Rates dabei. Lionel erklärte, dass man mit 12 Personen, die ihren Geist verbanden und meditierten, den gesamten Planeten verändern konnte und mit 36 das gesamte Universum. Ich werde euch am Ende des Buches den Ablauf der Meditation erklären, so könnt ihr auch Gruppen bilden und die Bäume unterstützen. Es ist sehr wirksam und kraftvoll.

Doch das Generalthema auf unserer Agenda war heute das Gleichgewicht der weiblichen Kraft. Dies war auf dem Planeten massiv im Ungleichgewicht und hatte fatalste Auswirkungen auf einfach Alles. Solange die weibliche Kraft nicht vollständig verstanden wurde, gab es keinen Frieden und auch kein Paradies. Es war sowohl ein Verständnis der Männer notwendig, das Weibliche in sich selbst zu erkennen und zu lieben, als auch der Frauen, das wahre Weibliche in sich selbst zu erkennen, zu lieben und zu leben. Sodass sie ihre Macht wieder mit Weisheit übernehmen konnten, ohne die Sexualität benutzen zu müssen, um Männer zu kontrollieren. Die Sexualität wäre an sich der Schlüssel zur Befreiung der Menschheit. Doch nur im vollen Bewusstsein wer man ist und dem Wissen, dass man sich mit Gott bzw. Göttin in Liebe vereinigte, machte es zur wahren Ekstase, für welche die Menschheit geboren wäre. Und Merliste erzählte mir, dass der notorische Drang ständig mit unterschiedlichen Partnern Sex zu haben, aus dem Urbedürfnis entstand, diese Einheit mit Gott zu finden. Um endlich die Eine bzw. den Einen zu finden, wo man diese Einheit erlebt. Dabei müsste nur das Herz mit echten Liebesgefühlen eingebunden werden. Liebe + Leidenschaft = Ekstase. Einfach jemanden lieben, ohne vom anderen zu nehmen, sondern sich selbst zu schenken und ohne Hintergedanken hinzugeben. Der Focus liegt auf geben und anzunehmen ohne auszubeuten. Liebende sind Schenkende und keine Bettler, die vom anderen etwas wollen, was sie selbst nicht haben. Und für wen das nicht allzu verlockend klingt, versicherte mir Merliste, es war tausendmal besser als 9 multiple Orgasmen hintereinander. Und als echte Liebesfee musste sie es wohl wissen. Merliste warf einen bedauernden Blick auf Elvis G. Dieser hielt sich sein Pfötchen vor die Augen.

Tja, aber um zum Meeting zurückzukommen, mein erster richtiger wichtiger Auftrag stand an. Der Diebstahl der Smaragde der Katzengöttin Bastet hatte damals im Alten Ägypten eine Ära der Dunkelheit für die Frauen eingeleitet. Dies ging einher mit der Ermordung von König Echnaton und seiner Gattin Nofretete, die eine Befreiung durch Gleichberechtigung der Frau, bringen sollten. Die beiden waren sehr revolutionäre und visionäre Geister und wollten die Menschen in ein neues Zeitalter führen. Durch den Glauben an einen Gott/Göttin wollten sie die Macht den Menschen zurückgeben. Denn die Macht wurde an die Priesterschaft abgegeben. Es gab nur einen Gott, der aus Liebe geboren war und durch den Glauben an die Liebe erschuf und erschaffen wurde. Dies war sehr schwer zu erklären. Der Glaube an die vielen Götter musste wieder berichtigt werden, denn es waren Oberhäupter von Außerirdischen

Zivilisationen, die den Menschen einen evolutionären Schub an Wissen brachten und keine Götter. Ansonsten würde sich die Menschheit noch in der Steinzeit befinden. Auch die Götter der römischen und griechischen Antike waren dieselbigen. So waren auch Bastet und Sekhmet ein Wesen. Die zwei Seiten einer Medaille. Sie kamen ebenfalls von einer Zivilisation der Löwen/Katzenmenschen. Eine sehr spielerische, ethisch sehr hochstehende und auch physisch sehr starke und kraftvolle Zivilisation. Bastet repräsentierte die spielerische, sinnliche weibliche Seite und Sekhmet die Amazone, die beschützende und wenn nötig kriegerische Seite der Frau. Die beiden Pole gehörten zusammen. Fehlte ein Pol war Frau unvollständig. Durch den Diebstahl der Bastet Smaragde von Königin Nefertari nach Echnatons und Nofretetes Tod, gewann der kriegerische Aspekt die Oberhand. Das maskuline Prinzip in der Frau gewann zu dieser Zeit die Oberhand. Nur noch ganz wenige Frauen wussten um das Wissen und die Macht der wahren Frau. Zudem war auch noch die 'Göttin' Hathor unter der Kontrolle der Staccarsi, was alles noch verschlimmerte. Denn Hathor repräsentierte die weibliche Macht schlechthin. Sie hatte das Wissen aller Götter in sich und war deren

Geliebte. Je nachdem auf wessen Seite sie stand, bedeutete es in diesen Zeiten eine Korruption der weiblichen Macht, die einhergeht mit einer Pornografisierung des Weiblichen, Vergewaltigung und Kontrolle der Sexualität. Aber das war eine andere Baustelle... Die Rückgabe der Smaragde an Bastet leitete ein Gleichgewicht ein und eröffnete wieder Zugang zu dem wahren Wissen der größten Hohepriesterin der Liebeskunst, die zu Zeiten des Nazareners (Oberhaupt einer Zivilisation) lebte, nämlich Maria Magdalena. Sie weihte ihn auch in diese Künste ein. Die Schriftrollen der Maria Magdalena sind diejenigen, die im Vatikan unter allerhöchster Sicherheitsstufe verwahrt werden. Puh, ich kam ins Schwitzen....war doch etwas anderes als Artikel schreiben und Bilder malen...vielleicht hatte Dan Brown Lust unser Team zu unterstützen...

Nachdem meine Gäste alle meine sweets ratzfatz aufgefuttert hatten und mich mit den Hintergrundinfos unserer ersten Mission 'Bastet' versorgt hatten, verabschiedeten sie sich und ließen mich mit meinem gefräßigen Casanovakater zurück. Denn jetzt würden die CYA, die Cyberagents den Hinweisen nachgehen, die darauf hindeuteten, dass sich die gestohlenen Smaragde in Wien befanden.

Sie waren endlich aufgetaucht! Unsere Cyber-KI (Kreative Intelligenz) hatte die Ermittlungsarbeiten erheblich beschleunigt. Der Tipp der Krähe war essentiell wichtig und musste schnell überprüft werden.
Nun hatte ich noch ein bisschen Zeit, mich seelisch auf das Kommende vorzubereiten.

Die Augen der Katzengöttin - das Abenteuer beginnt.

Es regnete überraschend in Strömen. Ich wollte eigentlich in unser wunderschönes Neuwaldegger Waldbad gehen. Dort lebten viele Elfen- und Zwergenfreunde von mir. Es war der Kraftplatz der Gegend. Ich liebte die Bäume dort, die uralten Eichen, die riesigen Thujen, die lieblichen Birken und noch viele andere. Als ich den Bademeister mal in der Bäckerei traf, war ich total irritiert über den Umstand, dass er Kleidung trug. Ich sah ihn normalerweise nur in Badehosen, auf seinem Liegestuhl am Pool liegend. Ich musste lachen, als ich daran dachte. Nix mit Schwimmen heute... Schade...doch die Bäume brauchten natürlich auch Regen und es war somit ein idealer Tag zum Schreiben.

Wir saßen auf meiner türkisen Couch und ich tippte in mein ipad. Ich wusste gar nicht mehr, wie man auf einer normalen Tastatur tippte.
Mit 'wir' meine ich mich und meinen abgekaterten Casanova Elvis G.. Ich tippte gerade einen Satz über eine Katzengöttin. 'Nicht eine Katzengöttin, sondern d i e Katzengöttin' tönte eine mir wohlbekannte Stimme telepathisch im Kopf. ‚Die

Schutzherrin meiner Spezies. Wobei mich hat sie wohl vergessen', jammerte gerade der in Elvis eingekörperte Giacomo. Man sollte niemals Hexen verärgern lieber Giacomo. Ich liebte Katzen immer schon, besonders schwarze Katzen. Sie haben mich immer inspiriert und sie sind wahrlich magische Geschöpfe. Ich bin auch eine große Schmusekatze, allerdings nicht immer...und ich liebe auch meine Eigenständigkeit sehr.

Es ertönte plötzlich eine recht eigenartige Melodie. Ein Mix aus Dudelsack und Glocken. Das kündigte das Erscheinen von Lionel H. Rich an. Wir hatten vereinbart, dass er sich vorher ankündigte, bevor er sich hier bei mir manifestierte, da ich sonst irgendwann vor Schreck einer Herzattacke erliegen würde, wenn plötzlich aus dem Nichts ein Zwerg vor mir stand. Das in den ungünstigsten Momenten - zuletzt auf der Toilette...geht's noch....

'Hallo holde Maid', begrüßte mich Lionel, er war ansonsten ein Charmeur der alten Schule und seine Sprache war mitunter etwas antiquiert...'ein neues Abenteuer steht an, es kam zu meinen Ohren, dass die Smaragde der Katzengöttin Bastet in Wien aufgetaucht sind! Was ein großes Glück bedeutet, denn seit die beiden Smaragde aus dem Bastet-Tempel in

Bubastis gestohlen wurden, ging es mit der weiblichen Unabhängigkeit wieder rückwärts anstatt vorwärts', erklärte Lionel nochmal.
Na Prost Mahlzeit, dachte ich mir, da hängt ja einiges dran. Meine Nackenhaare stellten sich auf wie bei einer Katze.

‚Die Diebe waren eine Suborganisation der Staccarsi. Es handelt sich um eine uralte fanatische islamische Sekte, die in Saudi Arabien ihre Drahtzieher hat und für die Frauen nur Gebärmaschinen oder Sexobjekte sind. Sie wissen sehr wohl, dass die wahre Macht aus dem Weiblichen kommt und hatten das seit Jahrhunderten erfolgreich vertuscht. Die Schönheit der Göttin musste verhüllt werden. Würden die Smaragde der Bastet wieder in die Statue zurückgegeben, konnte Bastet wieder sehen. Es wäre ein großer Schritt zur Befreiung der weiblichen Kraft, die dieser Planet wahrlich dringend braucht.' Mir wurde ganz schlecht. Mit diesen Leuten war nicht zu spaßen. Es ging zur Zeit um Alles oder Nichts, die Schlacht von Armageddon war in vollem Gange. Das ist die letzte Schlacht zwischen Gut und Böse. Das 7. Siegel war bereits geöffnet und es war noch nicht wirklich entschieden, ob der Engel die Trompete blies, weil die Menschheit sich selbst vernichtete oder um ein goldenes

Zeitalter einzublasen. Deshalb wurden alle Kräfte, die es brauchte, um Zweiteres zu erwirken aktiviert. Dank Salomos Code Purple war das noch möglich. Alle Seelen, die in dieser Zeit inkarniert sind, um den Kräften des Lichts beizustehen wurden reaktiviert und es gibt viele von uns, die hart daran arbeiten, die Wende nicht so dramatisch werden zu lassen, sondern smoothie, erklärte Lionel. Es heißt smooth, korrigierte ich ihn. Er war noch nicht ganz so firm mit den neuzeitlichen Begriffen.... Es musste aber aus uns Menschen und mit unseren Händen entstehen. Die Elfen konnten die eigentliche Arbeit nur bedingt machen.

Die Crux ist unser Freier Wille hier auf Planet Erde. D.h. es wird nur eingegriffen, wenn die Menschheit droht, den Planeten völlig zu zerstören. Das hätte Auswirkungen auf die gesamte Galaxis und das wurde nicht erlaubt. Wir leben derzeit in der spannendsten all unserer Inkarnationen. Ja, es war in der Tat aufregend. Aber mir war trotzdem speiübel. Es ging diesmal um Leben und Tod, wie übrigens jedesmal, wie sich noch herausstellen würde. Das Böse war abgrundtief böse und es arbeitete mit allen Mitteln. Damals wurden wir am Scheiterhaufen verbrannt, diesmal sind es Terroranschläge oder Autobomben, die schon einige von uns erwischt haben. Aber auch die Arbeit mit Niederfrequenzen via HAARP (High Frequency Active Auroral Research Program) war sehr gefährlich. Die Technologie war derzeit der größte Feind der Naturwesen. Von giftigen Chemikalien, insbesondere Metallen, die auf die Menschheit via Chemtrails gesprüht wurden, bis zur Aussendung vom speziellen Niederfrequenzen, die Depressionen auslösten. Je nachdem, welche Emotionen gebraucht wurden. Über die Nanometallpartikel, die über die Nahrungskette in den menschlichen Körper gelangte, können die Frequenzen besser ankern, da sie mit dem Metall resonieren. So kann die Menschheit kontrolliert werden. Zombiefraß erzeugte nämlich Zombies, speziell mit geklonten Nahrungsmitteln.

Krachkörndl.

Es sah hier alles so friedlich aus, in meinem idyllischen Neuwaldegg. Die Menschen tranken morgens sorglos ihren Kaffee in der Bäckerei. Und die Sorge der feschen Bäckerin Rose Hladievic war, ob ihre Flamme Toni Krachkörndl nicht doch in Wahrheit mich mehr mochte als ihr lieb war. Doch meine Elfenexistenz war ihm derzeit zuviel, das konnte er geistig nicht raffen, obwohl er kürzlich einen delikaten Traum von mir hatte. Was er mir dummerweise für ihn, auch noch in einer morgendlichen Koffeinlaune gestanden hatte. Er würde sich bis ans Ende seiner Tage darüber ärgern, dass ihm diese Bemerkung raus geflutscht war. Und Rose war entsetzt, hatte er ihr doch immer erzählt, wie unmöglich er mich fand. Hatte er doch sicherheitshalber auch noch verlautbart, dass er, auch wenn er mich mögen sollte, dies niemals zugeben würde...tja...
Ich fand seinen Traum jedoch überaus aufregend, denn ich erlebe meine Träume sehr real und hatte gerade diesen sehr gut miterlebt. Es war sehr befriedigend...Allerdings wusste ich bis zur Frühstücksoffenbarung nicht, wen ich diesen morgendlichen Höhepunkt zu verdanken hatte. Was mich, wie ich zugeben muss, etwas überraschte.

Doch jeder musste seine Erfahrungen machen, seine Zeit für uns LPA würde vielleicht eines Tages noch kommen. Wir hatten hier ja den Freien Willen. Ich hatte eines Nachmittags als ich vor mich hindöste, plötzlich ein Bild, eine Art Vision. Er war in einem früheren Leben mein Ehemann gewesen und ein fescher Römischer Feldherr. Wir hatten uns sehr geliebt und sehr viel miteinander gelacht.
Als wir uns das erste Mal in der Bäckerei wiedertrafen, erkannte er mich im tiefsten Innersten wieder. Etwas in ihm wurde sofort von mir angezogen und etwas in ihm wehrte mich mit aller Kraft ab. Diesmal war er Bodyguard einer sehr reichen Erbin in der Pharmaindustrie.
Wenn er die Bäckerin heiratete, dann hieß sie auch Krachkörndl. Das war der perfekte Name für eine Bäckerei. Oder Hladievic-Krachkörndl. Doch wie ich von Lionel erfuhr, leitete sich sein Name von einer Eigenschaft der Gnomspezies der Furzelseppis ab, die ich nicht näher erläutern möchte...na ja, sie stellten den besten Dünger der Zwerge her und waren die größten Stromlieferanten der LPA, Furzelstrom sozusagen...die Gnome hatte meist solche Namen wie Machkörndl, Krachhörndl oder eben Krachkörndl. Es war wie Meier oder Müller bei unsereins. Es waren die erdigsten, mutigsten und stärksten Spezies

der Zwerge. Obelix war ein Schwächling gegen einen Furzelseppl.

Doch ich muss gestehen, keiner hat mich so zum Lachen gebracht wie er. Er wollte jedoch seine Realität beibehalten und ein normales Leben leben. Und ja nichts außerhalb seines Furzelmindsets... Und Jäger war er auch noch, das ging gar nicht...und ich wünschte mir, dass er im Wald Zwerge sah...

Es gab einen Gnom namens Furzelsepp, der in seinem Jagdgebiet das Sagen hatte. Ich würde mit ihm sprechen, ob er mir den kleinen Gefallen tun könnte. Zudem hatten die Gnome der Furzelseppis, es war eine eigene Gattung - eigenes Interesse daran, diesen Pappenheimer ins Gebet zu nehmen. War er doch ein Urururenkel eines sehr berühmten Feldherren der Gnome. Als ich das erfuhr, wälzte ich mich am Boden vor lauter Lachen. Immer wenn ich ihn sehe und dran denke, keimt schwerer Lachreiz in mir auf.

Es war ja nicht ganz hoffnungslos mit ihm, denn er war noch befreundet mit dem israelischen Leiter des LPA Swatteams Gideon. Er kannte ihn aus der Zeit seiner Ausbildung beim Mossad. Gideon hatte ihm mal das Leben gerettet als sich Tonis Fallschirm nicht öffnete. Das wäre denn doch schade gewesen. Obwohl, immer wenn er eine neue Freundin hatte, verordnete er sich in meiner Gegenwart Sprech- und Lachverbot und konnte mir nicht mehr in die Augen sehen. Er setzte dann seine Brille auf und lernte die Meldungen der Tageszeitungen auswendig. Da hatte ich dann schon Fallschirm-Nichtöffnungsgedanken...storno, storno, storno.

Ich seufzte und bestellte mir Rosies legendären selbstgebackenen Blaubeermuffin mit Dinkelmehl, Ahornsirup und leckeren Blaubeeren...yummie...sie hatte auch den besten Kaffee. Sie importierte den legendären Organic Urth Coffee vom Urth Cafe in Los Angeles, Melrose Ave. Ich hoffte, dass Co-Bäckerin Sizzy bald wieder ihre legendäre Bananenschnitte mit heller Schokoglasur backte. Und Co-Bäckerin Katinka die einzigartigen Himbeercupcakes oder den selbstgemachten Schokopudding mit Walnußstreusel... Und ich hoffte auch, dass der Krachkörndl seinem Namen nicht alle Ehre erwies...

Lagebesprechung

'Ein Juwelier aus der Innenstadt, der manchmal Kristalle für uns schleift, und zu uns gehört, hat ein Gerücht von zwei besonders speziellen und wertvollen Smaragden gehört. Mit dem Zeichen der Bastet als Gravur. Da war für ihn klar, worum es sich dabei handelt!' Wow, wo sind die Steine jetzt? fragte ich aufgeregt. 'Tja, laut Alistair McCrow bei Henry de Rothmans', antwortete Lionel. Uh, mir rieselte es schon wieder eiskalt über den Rücken, sogar bei Elvis sträubte sich das Fell.

Es waren sehr dunkle Mächte da unter der Erde in den Katakomben von Wien. Die Zentrale war tief, tief unter dem Stephansdom, ca. 6 Stockwerke unter der Erde. Es war stärker bewacht als Alcatraz und meine Hoffnung schwand. Außerdem hatte ich keinerlei Bedürfnis, auch nur in die Nähe dieser Katakomben zu kommen. 'Wir haben erfahren, dass eine arabische Delegation der Staccarsi in den nächsten Tagen in Wien eintrifft. Wir glauben, dass sie die Kristalle übernehmen möchten und sie im Tempel der Sekhmet, der Löwengöttin, in die Augenhöhlen der Sekhmet geben möchten. Es gibt

nur einen Termin für diese Zeremonie, das ist die nächste Sonnwende in einer Woche. Das würde die schwarze weibliche Kraft wieder voll aufleben lassen. Die dunkle Seite der Macht pur. Du willst nicht wissen, was das für eine Auswirkung hätte', verkündete Lionel die Frohbotschaft. Ich wollte es mir gar nicht vorstellen. Ich sah mich schon im schwarzen Vollschleier aus Polyester...
Verdammt ich bin doch nur Schriftstellerin....na wenigstens war ich nicht allein, ich hatte ja einen Kater und einen Zwerg zur Unterstützung. Und ein paar liebliche Elfen. Es beschlich mich ein ganz ungutes Gefühl....'schreib mal schön, ich werde mich demnächst wieder melden! Sagts und war futsch der Zwerg....diesen Satz hatte ich übrigens öfter mal von geistig-zwergigen Männern gehört....
Ich konnte jetzt nicht schreiben, wer weiß, vielleicht ist es mein erstes und letztes Abenteuer. Das Wort 'Schriftsteller' ist übrigens ein witziges Wort. Denn stellten sie die Schrift irgendwohin? Vielleicht sollte ich mich 'Buchstabenzauberin' nennen... Meine Gedanken fanden leider doch ihren sorgenvollen Weg zurück in mich. Denn bis dato fand ich alles höchst interessant, ich hatte nur keine Vorstellung zur Tragweite der Aufgabenstellung gehabt.

Es gab in Assisi einen Orden der sich Ordo et Spiritus Sancti nannte, der Orden der Heiligen Geistes, gegründet von Franz von Assisi. Die Mönche und Schwestern waren unsere Verbündeten und waren diejenigen, die mit der Kraft von Tiergöttinnen zu tun hatten, es waren die Experten. Und Bastet und Sekhmet das fiel wohl in deren Bereich. Ein Trip nach Assisi wäre eine schöne Abwechslung. Aber dafür fürchte ich, ist gar nicht mehr die Zeit.
Lionel hatte sein Refugium ja in der Schweiz, wie ihr euch denken könnt. Als reichster Zwerg versteht sich das von selbst....die Schweiz war ein wichtiger Platz für die Zwerge, die Hochburg der Zwerge sozusagen. Es gab viele verschiedene Elfen- und Zwergenclans dort, die verschiedenen Uris, z.B. die Nockuris, usw. bezog sich immer auf das Gebirge, dessen Hüter sie waren. Aida Nockuri ist zum Beispiel eine Rosenelfe und wenn sie dir erscheint und einen Rosenstrauß übergibt, dann ist die große Liebe nicht mehr weit! Sie ist eine gute Freundin von Merliste. Oh Aida, bitte schenk mir einen Rosenstrauß!

Doch in der Schweiz war es im Moment brandgefährlich, denn in CORN experimentierten einige verrückte Wissenschaftler der Staccarsi mit dem Teilchenbeschleuniger.

Sie wollten damit dunkle Materie in unsere Dimension holen. Eines der gefährlichsten Dinger überhaupt. Noch dazu haben sie ihn auf einer dunklen Leylinie installiert. Eine wahre Achse der Brösel. Die Elfen haben dort derzeit alle Hände voll zu tun, diese Idioten zu behindern bzw. ganz zu stoppen. Ein Fehler und die ganze Galaxis ist pulverisiert. Es waren bei diversen Experimenten schon ziemlich dunkle Elementale zum Vorschein gekommen. Das sind böse Energiewesen, die von negativen Emotionen der Menschen leben und diese auch produzieren. Als ob wir hierzulande nicht schon genug Abschaum hätten. Über CORN schwebte gerade ein rotschwarzer supergiftiger Elemental mit gelbgrünen Augen. Der Elemental der Arroganz und des Größenwahns. Ein Vorgeschmack auf die Dämonen, die hinter dem Portal darauf warteten in unsere Dimension zu gelangen. Wir hatten überall sowas von voll zu tun. Ich schrumpfe mich einfach und verschwinde von hier auf die paradiesischste Insel, vielleicht auf Spirito Santo auf Vanuatu....aber die Vasallen des Grauens würden mich auch dort piesaken. Und Dämonen auch noch, ich hatte schließlich alle Folgen von 'Charmed' und 'Supernatural' gesehen! Beam me up Scotty! Ich konnte weder die Zeit anhalten, noch Dämonen

explodieren lassen, noch sah ich die Zukunft. Obwohl letzteres konnte ich schon einigermaßen. Ich erhielt oft Botschaften in Träumen. Ich hatte nur nicht die Visionen wie Hexe Phoebie.
Außerdem hatte sich die in diesen sexy Dämon verliebt, das konnte mir gottseidank nicht passieren...

Unter dem Stephansdom

Tief unter der Erde formierten sich die Energien des Grauens...die Kräfte der Finsternis hatten einiges zu verlieren, denn es ging in diesen Tagen um Alles oder Nichts. Die Schlacht von Armageddon war mitten im Gange. Es wurde an allen möglichen Manipulationsschrauben gedreht. Code Purple hatte sich aktiviert. Das war gefährlich für die Staccarsi. Da durfte jetzt nichts schiefgehen. Es herrschte Hochbetrieb in der Zentrale der Staccarsi. Der Oberboss hatte sich angekündigt. Er war diesmal wieder als Franzose inkarniert, er steckte in einer bornierten Hülle namens Henry de Rothmans. Alter Geldadel versteht sich. Er lebte im Familienwohnsitz der Rothmans, natürlich der ehemaligen Sommerresidenz von Henry IV. Als er mit seinem Privatjet am Flughafen in Wien landete, war es, als ob ein dunkler eisiger Hauch die Gangway betrat. Wien war um ein paar Grade kälter geworden. Der Chauffeur in der dunklen Limo wartete schon. Sie musste nicht extra klimatisiert werden. Fritz, dem Chauffeur vom Limoservice rieselte immer ein kalter Hauch über den Rücken, wenn er diesen speziellen Gast abholen musste und in die Wiener Innenstadt brachte. Es musste immer die Klimaanlage ausschalten, so kalt war die Präsenz seines Gastes. Er war froh, als Monsieur de Rothmans das Taxi verließ, dafür war das Trinkgeld honorig.

Henry ging in ein Office direkt am Graben, Höhe Virgilkapelle. Dieses Office hatte einen Security Mann vor der Tür. Aber das Besondere an dem Büro war, dass es nur aus einem Empfangsraum mit Lobby bestand und einem unauffälligen Lift. Henry stieg in den Lift und gab eine Zahlenkombination ein, die natürlich die 666 enthielt - was hattet ihr geglaubt? Der Lift fuhr endlos in die Tiefe. Nach 6 Stockwerken war er in eine Art Portal gefahren. Ab jetzt ging es wirklich abwärts und es war für niemanden mehr möglich, hier durchzukommen. Magische Sperren, Zauberei natürlich. Aber niemand der klar im Kopf war, würde hier durchkommen wollen. Denn es herrschte hier die genau gegenteilige Energie, die Elfen verbreiteten. Nämlich die delikate Mischung von Angst, Gier, Arroganz, Machtstreben und Neid. Ergibt einen Farbcocktail von grau/braun/gagagelb/dreckigrot/dumpflila, igitt.

Obwohl, Henry war ein äußerst gutaussehender Mann um die 50. Er hatte sehr hypnotische eisblaue Augen und eine sehr feine, gerade Nase. Sein Teint war meist braungebrannt und er hatte den Charme eines Franzosen. Die Frauenwelt lag ihm zu Füßen. Er war wie ein Chamäleon. Er hatte ein nahezu magnetisches Charisma. Die Aura des 'Bad Boys', die bei uns Frauen überaus erotisch rüberkam. Er hatte etwas von diesen Vampirdarstellern,...die wenigsten konnten hinter seine Aura sehen. Denn da kam die Eiseskälte und die Gnadenlosigkeit seines Charakters zum Vorschein. Die blauen Eisaugen wurden zu den schwarzblauen Augen einer gefährlichen Viper, die im entscheidenden Moment ohne zu zögern zuschnappen würde. Er war ein äußerst intelligenter und smarter Gegner, mit einem unglaublich illustren Zirkel der Macht hinter sich. Viele Superstars waren seine Gäste auf seinem Schloss. Sie hatten für Ruhm und Schönheit ihre Seele verkauft. Seine Parties waren ein Tummelplatz von Supermodels. Kaum eine die nicht schon die Engelsflügel umgeschnallt hatte oder Spots Illustrated Covers mit ihren Kurven illustrierte. Er war allerdings der Herr der 'Hells Angels'...und für manches Supermodel war die Ungunst von Henry ein tiefer Fall in die Hölle. Doch Henry war nicht immer auf der dunklen Seite.

In seiner Inkarnation als Henry IV war er ein Templer und bester Freund des Großmeisters Jacques de Molay. Doch hatte Henry im Gegensatz zu Jacques immer eine Tendenz zum Extrem, zum Fanatischen und somit zum Schwarzmagischen. Es begann ihn immer mehr zu faszinieren. Und tief in seinem Innersten war er immer ein bisschen eifersüchtig auf seinen Freund Jacques gewesen. Jacques war immer eindeutig auf der Seite des Lichts. Ein wahrer Hüter des Heiligen Grals der Templer. Schätze und Reichtum hatten ihn nie beeindruckt. Das einzige was ihn je beeindruckt hatte, war Henrys Konkubine Catherine Jardin-Fleuri. Auch Henry war ihr hemmungslos verfallen. Sie war eine liebliche blonde Schönheit mit meergrünen Augen, die im Sonnenlicht golden glänzten. Sie war eine Göttin der puren Sinnlichkeit vermixt mit Unschuld. Das Erotikum pur. Je mehr Henry sich für die dunklen Künste Interessierte, desto mehr wandte sich Catherine von ihm ab und zu allem Überdruss schien sie sich immer mehr für seinen Freund Jacques zu interessieren. Aus einer Freundschaft der beiden wurde eine große und leidenschaftliche Liebe. Das trieb Henry nahezu in den Wahnsinn und weckte die tiefsten Abgründe seiner Seele. Aus seiner Freundschaft zu Jacques wurde tiefer Hass.

Und dieser Hass trieb ihn zu einer der abscheulichsten Handlungen dieser Zeit. Er schmiedete ein perfides Komplott mit dem damaligen Papst gegen die Templer und bezichtigte sie als Ketzer und Teufelsanbeter. Am Ende landete die gesamte Bruderschaft der Templer an diesem unseligen 13. auf dem Scheiterhaufen. Inklusive Jacques de Molay. Es war ein schwarzer Tag für die Kräfte des Lichts und die schöne Catherine musste mitansehen, wie ihr Geliebter in den Flammen verbrannte. Sie beschloss an diesem Tag nie wieder ihr Herz zu verschenken. Es war auch der Auftakt der Inquisition.

Henry de Rothmans war aufgeregt, denn er hatte gerade erfahren, daß seine Geliebte aus alten Zeiten Catherine Jardin-Fleuri in dieser Zeit inkarniert war und in Wien lebte. Ihr Name war Caty Gärtner - wie amüsant, dachte er. Er musste sie unbedingt treffen, ob sie ihn wohl wiedererkennen würde? Sie malte und arbeite in einer Internetfirma, wie er herausgefunden hatte. Etwas banal für die schöne Catherine, fand er. Doch er musste sich auch auf seine Geschäfte konzentrieren. Die Augen der Bastet mussten an ihren wahren Aufbewahrungsort gebracht werden. Er hatte die beiden kostbaren Smaragde geradewegs in seiner Tasche. Er würde sie diese Woche an

Omar übergeben. Dem Leiter der Staccarsi in Dubai und übelsten Unterstützer fanatischer Terrorzellen. Omar hasste Frauen und er fand, sie hatten viel zu viele Rechte hier. Die Zeremonie sollte zur Sommersonnenwende stattfinden. Es war keine Zeit zu verlieren.

Henry war zufrieden. Er war auf dem Weg zu einer Telekonferenz mit seinem größten Verbündeten. Er freute sich, seinen Freund Pablo aus Kolumbien zu hören. Drogen waren solch ein wundervolles Mittel, Menschen vom Licht abzuspalten. Er fand auch die neueste Erfindung der Polymerspinnen ultracool. Sie sprühten ja regelmäßig Gifte in den Himmel, damit sich die Nanopartikel der Metalle in die Nahrungskette übertrug. Durch die Metallpartikel im Körper konnten die Unwissenden besser mit Niederfrequenzen bestrahlt werden. Diese Metalle produzierten Fäden, die wie Spinnweben aussahen, sie changierten nur in Farben, wenn Licht drauf schien. Sie hatten geklonte Spinnen produziert, die das Polymerweb besiedelten. Diese waren mit Kameras und Mikros ausgestattet und tolle Spione allerorts. Und den cleversten Schachzug hatte damals ein alter Freund seiner Familie gemacht, nämlich Edgar J. von der CIA. Nachdem sie diesen naiven Präsidenten ermorden mussten, der ernsthaft glaubte, er könne eigenes Geld für die Nation drucken und seine Familie ausbooten, denen die FED gehörte, hatte Edgar J. einen perfiden Plan. Nachdem die Warren Papers aufgetaucht waren, die einige unschöne Wahrheiten an die Oberfläche brachten, brauchte er eine perfekte Taktik das Ganze als Humbug dastehen zu lassen. Er war hervorragender Medienstratege und erfand die Begriffe 'Verschwörungstheorie' und 'Verschwörungstheoretiker'. Sein Memo dazu ist legendär (CIA Dokument #1035-960). Er ließ fast die gesamte ohnehin gekaufte Medienmaschinerie diese Begriffe kolportieren, bis sie in Zement gemeißelt waren, in den Köpfen der Menschen. Und jedesmal, wenn nur irgendjemand mit irgendeiner Theorie kam, die etwas in Frage stellte, plapperten die meisten Journalisten den Begriff schon nach. Es war so einfach.

Sunken Gardens L.A., Lab Elf

Tief unten in Sunken Gardens im Ghandi Memorial Park in Los Angeles, befand sich das Refugium von Prof. Grigori Romanov. Er war Russe und ein Nachfahre von Rasputin. Er sah ihm auch sehr ähnlich mit den dunklen Haaren und dem Rauschebart, nur etwas gepflegter. Man munkelte es handelte sich um Rasputin himself...

Grigori war in jedem Fall ein innovatives Genie. Er war der Mr. Q. der Little People Army. Er musste auch kreativ sein, denn Monsteranto und Co. entwickelten immer perfidere Systeme, um die Elfen auszuschalten. Er hatte das Leyline-Blinksystem entwickelt. Es zeigte auf einem riesigen Schirm in der Kommandozentrale auf, wo Kraftlinien durchgeschnitten worden waren. Die No-Hearts, die geklonte Elfenspezies von Monsteranto, schnitten diese positiven Linien durch und pflanzten stattdessen ihre Angstkristalle hinein. Sein Blinksystem zeigte die cutoffs sofort auf und ein Elfenteam der Mistelmiliz rückte aus, um den Heiligen Ort wieder herzustellen. Sie hatten damit alle Hände voll zu tun. Er überlegte sich immer neue Tools für die verschiedenen Gangs, damit sie ihre Gegner effizient schachmatt setzen konnten. Er hatte für die Pomme Granates eine Splittergranate aus den Kernen ihrer Früchte entwickelt, die Liebeskerne streute. Was unerträgliche Qualen für die No-Hearts bedeutete, sie ergriffen sofort die Flucht, wenn sich ein Granatapfel-Schrapnell näherte. Auch die Spezialglock der Violet Pistols konnte einiges. Abgesehen von den Veilchentattoos auf den Augen, war der Duft, den die Glock ausströmte wie Giftgas für die No-Hearts. Wobei Elfenwaffen niemals tödlich waren, sondern immer Energien und Bewusstsein transformierten. So infizierte ein Veilchen-angriff das Bewusstsein mit liebevollen Gedanken. Was die infizierten No-Hearts für die Staccarsi nicht mehr brauchbar machte. Deshalb gab es bei den Elfen schon eine Reihe von übergelaufenen No-Hearts. Denen musste Grigori jedoch einen Emotionalchip einbauen, a la Commander Data aus Star Trek, denn die No-Hearts fühlten rein gar nichts. Sie hatten nur ein Programm laufen.

Er bereitete sich auf harte Zeiten vor, denn nach Aktivierung von Code Purple würde auch Lab 666 von Monsteranto unter der Leitung von Lucille, the Poison Pill zu Hochform auflaufen. Es ging um Alles oder Nichts für die Staccarsi di Luce. Und er fand, dass Lucille die Gefährlichste der Staccarsi war. Sie war nämlich seiner Meinung nach vollkommen irre. Und dazu sah sie aus wie Omi von nebenan.

Er arbeitete gerade an einem speziellem Emotionalchip, der dessen Träger oder Trägerin mit speziellen Energiemustern ausstattete. Manche Staccarsi konnten Elfen z.B. riechen. Das war nicht gut. Trug die Elfe jedoch einen dieser Chips in einer Teslauhr bei sich, dann war das Energiefeld nicht lesbar und der Elfengeruch war nicht zu riechen. Caty würde es brauchen, wenn sie das nächste Mal auf Henry traf oder hoffentlich nicht auf Omar. Die würden sie sicher unter die Lupe nehmen. Außerdem musste er sich einen Echtheitscodezauber für die Smaragde überlegen, damit Henry und Omar getäuscht werden konnten. Doch der Professor liebte diese Art von Herausforderungen. Am liebsten waren ihm die, die er anfangs nicht lösen konnte, bis die Lösung in ihm aufpoppte. Er half immer ein bisschen nach mit Hilfe der Poppies, den Mohnblumenelfen. Ihre Zigarren entwirrten seinen Geist, aber auch die Zigarren der hampty-dampties, der Hanfelfen waren nicht zu verachten.

Geheimnisvolle Einladung.

Ich wachte schweißgebadet auf. Ich hatte wieder diesen Alptraum von einem Feuer und ich sah in die Augen eines Mannes, die mich unsäglich traurig ansahen. Es war der Mann, der im Feuer starb. Ich fühlte diesen unfassbaren Schmerz. Und diesen Schmerz fühlte ich leider auch noch als ich erwachte. Elvis G. sah mich besorgt an. Ich atmete tief durch, wie ich diesen Alptraum hasste. Das große Leid in den Augen dieses Mannes. Ich wollte ihn retten doch ich konnte nicht. Ich musste sofort unter die Dusche. Ich sah in den Spiegel und erschrak. Meine blaugrünen Augen waren rotgeweint und ich sah ziemlich erschöpft aus. Wenigstens sahen meine Haare gut aus. Sie waren lang und ziemlich hellblond mit leichten Wellen. Ich konnte dem Schöpfer für mein Aussehen danken. Ich war zart gebaut, doch an den richtigen Stellen wohlproportioniert. Wenn die Sonne meine Augen küsste, sah man gelbe Sprenkel tanzen. Doch dieser Traum schaffte mich. Ich zog mir ein gelbes Sommerkleid um die Hüften. Sonnengelb stand mir sehr gut, denn ich achtete immer auf eine schöne leichte Bräune. Meine Devise war, daß das Geringste das man für seine Mitmenschen tun konnte, ein hübsches Aussehen und Freundlichkeit war.

Makeup verwendete ich ohnehin keines mehr, außer meinem von Merliste fabrizierten nach Kirschen duftenden und schmeckenden Lipgloss, der die Lippen unglaublich sinnlich und verführerisch machte. Die Rezeptur war allerdings Top Secret. Es hieß Cherry Venus Lip Balm. So beglossed stieg ich die Treppen meines Apartments hinunter, durchquerte ein entzückendes Gärtchen und öffnete meinen Briefkasten. Ich hatte das Gefühl, es war etwas Bedeutendes in der Post. Und da lag er, ein schlichter Brief in edlem zartlila Büttenpapier, duftend nach Vetiver und Kirschtabak. Ich griff den Brief und ging wieder nach oben. Elvis stand oben an den Stiegen und sah aus wie eine Katzenstatue, allerdings wie eine sehr neugierige mit leichtem Übergewicht. Ich setzte mich auf die Terrasse, gefolgt von einem Kater und öffnete langsam das Kuvert. Elvis sang mir folgenden song als Untermalung:

" Morning has broken
Like the first morning
white bird has spoken
Like the first bird
You make my mornings"

Oh dieser Giacomo-Kater, ich wäre ihm einst wohl auch erlegen...

Es handelte sich um eine Einladung zu einem Treffen österreichischer KünstlerInnen zu einem Dinner im Kunsthistorischen Museum. Oh, das klang ja nett. Ich liebe Luxury. Da stand noch ganz kleingedruckt der Gastgeber und Sponsor der Veranstaltung...oh, oh, Henry de Rothmans, Rothmans Brothers. Was für ein Zufall! Ich war zugegebenermaßen etwas neugierig, diesen Henry mal persönlich kennen zu lernen, in persona diaboli sozusagen. Die Einladung war übermorgen. Wo war nur Lionel wenn man ihn brauchte...Elvis sah mich mit einem sonderbaren Blick an, nahezu mitfühlend...und kaum war es gedacht, ertönte auch schon die Dudelsackfanfare...Lionel im rostroten Nadelstreif! Er las die Einladung und sah ebenfalls besorgt aus, er tauschte einen verschwörerischen Blick mit Elvis aus...was war hier los? 'Ich werde mitkommen', stellte Lionel fest. Klar, dass ich nicht ungestört mit dem bösen Blauauge flirten konnte. 'Genau', sagte Lionel. Ich wusste es, er las ebenfalls meine Gedanken. 'Du musst mit ihm ins Gespräch kommen, was nicht allzu schwer sein wird, hat er doch deinetwegen das Ganze veranstaltet!' 'Wieso meinetwegen, er weiß doch hoffentlich nicht wer ich bin!' 'Nein, nicht in diesem Kontext,' bemerkte der Zwerg kryptisch. 'Heißt was?', wollte ich wissen. Das werde ich dir zu gegebener Zeit erklären, jetzt brauchen wir von Merliste noch den Mauerblümchentrank!', sagte Lionel. 'Verabreiche ich ihm einen Liebescocktail?, sinnierte ich. 'Dummerchen, der Trank ist für dich', meine Lionel trocken. Mehr war nicht aus ihm herauszukriegen. Wozu bräuchte ich schon einen Trank. Ich war doch immun gegen diesen Typ Mann. Tja, surprise, surprise....

Endlich war es soweit. Ich war irgendwie aufgeregt. Wieso hatte dieser Henry ein Treffen mit mir inszeniert? fragte ich mich. Immer diese elfischen Geheimnisse, das nervte mich. Ich entschied mich für ein elegantes und atemberaubendes rotes knielanges Satinkleid. Nicht zu auffällig, aber auch nicht zu mauerblumig. Dazu trug ich silberne Highheels mit Glitzersteinchen und eine elegante Satinclutch. Ich schminkte meine Augen in violett und dem dazupassenden Lippenstift. Ich fand, dass violett und rot gut harmonierten. Ich war nicht so sehr der rote Lippentyp. Das war meiner Meinung nach nur Kim Basinger in L.A. Confidential. Ich sah gut aus. Elvis G. schmachtete mich an und man sah, dass er es bedauerte, dass er kein Zweibeiner mehr war.

'Lieber, wir werden die Hexe finden und dann handeln wir einen Deal aus!', tröstete ich ihn. Die Hexe war die Comtesse Dufay. Der Graf von St. Germain hatte ihr den Trank gemixt, nachdem Merliste nichtsahnend die entscheidenden Kräuter beigesteuert hatte. Der Fluch konnte nur von der Comtesse selbst aufgelöst werden, da der gute Giacomo einen Herzbruch bei der Hexe ausgelöst hatte. In diesem Fall half kein Zaubertrank einer anderen Hexe. Es war Karma entstanden. Er hatte ein Händchen gehabt. Aber die Elfen waren unermüdlich auf der Suche nach der Comtesse. Sie war eine wunderschöne rothaarige Hexe und leider verschwunden. Elvis konnte mit Merlistes Hilfe immerhin flüchten, denn die Comtesse wollte ihn selbst als ihren Hauskater und hatte sich einige Dinge für Elvis G. ausgedacht...zuallererst kastrieren....armer schwarzer Kater...doch ich war zuversichtlich. Eines Tages würde mir vielleicht der leibhaftige - im wahrsten Sinne des Wortes - Giacomo Casanova gegenüberstehen. Ich schlief immerhin jede Nacht mit ihm in einem Bett. Ich war wohl die Frau, mit der er die meiste Zeit seines Lebens im Bett verbrachte hatte. Wenn auch anders als gedacht. Ja, das Schicksal ging oft wahrlich seltsame Wege. Wie sagte mal mein Lieblingslover zu mir 'you have my love, but maybe not the way you want it'....wer wollte sowas schon hören...wohl ich sie in vielerlei Hinsicht durchaus so hatte, wie ich sie wollte...

Doch nun zu meinem aktuellen Liebesleben des Anstoßes. Ich fühlte mich zu einem eindeutigen Bad Boy hingezogen. War ja nichts Neues, nur dass dieser hier der Urvater von Bad Boy war. Superbadboy sozusagen. Kaum zu Ende gedacht, war auch schon Lionel zugegen und diesmal im silberglänzenden Nadelstreif! Er sah aus wie der James Bond der Zwerge. Stieg dort auch ne Zwergenfete? 'Nur für Euer Auge Teuerste!', sagts und zog ein unglaublich atemberaubendes Rubincollier aus der Hosentasche, das er mir feierlich übergab. Oh, wow, ich war fasziniert von der edlen und doch unaufdringlichen Eleganz dieses Geschmeides. Es war gerade nicht zuviel und doch sah es unbezahlbar aus. Ich war begeistert. Die Rubine sind ebenfalls aus dem Tempel der Bastet und stehen in Resonanz zu den Smaragden, informierte mich Lionel. Es handelt sich um wertvolle Artefakte, die ich leider wieder zurückhaben muss. Eh klar, schade....ich legte es um meinen Hals und fühlte mich gleich wie Mata Hari...ich drückte Elvis nochmal fest und stieg in mein grünes Jaguar XK8 Cabriolet. Obwohl ich ja noch gerne den Tesla Roadster in Electric Blue hätte, aber der wurde nicht genehmigt. Meine rote Satinclutch hatte ich mir abschminken können, da passte Lionel nicht rein, wenn er sich wieder die sweets hineinstopfen würde. Also hatte er mir eine etwas größere, etwas altertümliche, aber dennoch wunderschöne rote Samttasche zur Verfügung gestellt. 'Die Tasche gehörte Madame Pompadour', wies mich Lionel auf deren geschichtliche Bedeutung hin'. Eine Mätressentasche, die könnte wohl einiges erzählen...So betascht fühlte ich mich gleich etwas verruchter...Ich bat Lionel eindringlich, sich für den Weg aus meinem Vorgarten bis in den Wagen ja nicht zu materialisieren, die Leute sahen mich ohnehin schon so komisch an. Im Auto sah man ihn dann ohnehin nicht, er schlüpfte dann in die Tasche. Aber er hatte einmal seinen Kopf heraus gesteckt und einen Lastwagenfahrer erschreckt. Die sitzen ja höher und sehen von oben in die Autos. Das sollte er mal mit dem Krachkörndl machen, der würde sich wohl vor lauter Schreck den Zeh wegschießen. Ich zerkrümelte mich vor Lachen. Ich fuhr flott dahin und parkte in der Garage neben dem Museum. Falls es kühler werden sollte, hatte ich noch ein süßes cremefarbenes Fakefurcape dabei. Echter Pelz kam natürlich niemals in Frage. In meinem

Magen kribbelte es, ich war sehr nervös. 'Ganz ruhig', nuschelte eine Stimme aus meiner Tasche heraus. Ich nahm mir ein Herz und stöckelte die Stufen, die mit rotem Teppich ausgelegt waren hinauf. Edel, edel, dachte ich mir und holte die Einladung aus der Tasche. Mein Name stand auf der Liste.

Man führte mich in einen Saal - es war in der Ägyptenausstellung - und ich war sprachlos. Eine Kopie von Sekhmet, der Löwengöttin stand neben der Tafel. Auf der anderen Seite der Tafel war eine Statue von Hathor platziert. Hathor war derzeit ja auch nicht gerade eine Lady des Lichts. Riesige Kerzenleuchter zauberten ein romantisches Ambiente. Das Buffet schien orientalisch zu sein und das Servierpersonal war als Cleopatra gekleidet. Ich hörte Lionel durch die Zähne pfeifen, er hing natürlich halb aus der Tasche. Allerdings nur für mich sichtbar. Ein Pharao reichte mir ein Glas rosafarbenen Champagner. So mancher interessierte Blick streifte mich. Ich sah einige attraktive Männer hier. Ich nippte an meinem Glas und plötzlich sah ich ihn. Er sah mich gleichzeitig. Für einen kurzen Augenblick schien die Zeit still zu stehen und unsere Augen trafen sich. Die magischten Augen in die ich je geblickt hatte und die mir seltsam vertraut waren. Das Glas fiel mir aus der Hand, meine Knie knickten ein und alles wurde schwarz um mich. 'Mon dieu Mademoiselle', sagte der Urheber meiner Ohnmacht und hielt mich im nächsten Moment in den Armen. Für einen kurzen Moment dachte ich, ein 'mon cher Catherine' vernommen zu haben. Ich halluzinierte wohl. Er half mir auf und führte mich an die frische Luft. Meine Samttasche sah ich neben der Anubisfigur liegen. Na toll....

Henry hatte etwas Anziehendes und Abstoßendes zugleich. Ich konnte meinen Blick nur schwer von ihm abwenden und zudem hatte ich Merlistes Immunitäts-Trank vergessen zu trinken. Jetzt wurde mir klar, warum ich diesen Trank brauchte. Ich würde diesem Mann nicht widerstehen können. Etwas verband mich mit ihm, dass meinen gesamten Körper erschaudern ließ, auf eine angenehme Art allerdings. Obwohl etwas in mir Angst vor ihm hatte. Doch jetzt sah er mich mit einem Blick an, der mir durch Mark und Bein ging. Liebe, Schmerz, Lust, Liebe, Verlangen, Schmerz,...etwa 30 Sekunden, dann hatte er sich im Griff und seine Augen ruhten auf meinem Hals. War er etwa ein Vampir, das würde einiges erklären, dachte ich insgeheim. Seine Augen betrachteten interessiert das Collier mit den Rubinen um meinem Hals mit der Schließe eines

Katzenkopfes. Ich hörte mich sagen: ‚die Kopie eines Museumsstückes'. Er lächelte ein charmantes Lächeln und sagte mit betörendem Timbre: 'Sie erinnern mich an eine große Liebe namens Catherine'. Bei diesem Satz schnitt es mir ins Herz und ein Sturm von widersprüchlichen Gefühlen übermannte mich. Was war verdammt nur los mit mir. Ich musste einen klaren Kopf behalten und sah aus den Augenwinkeln, wie eine rote Samttasche offenbar Füße bekommen hatte und in meine Richtung wanderte. Na wurde ja Zeit, dass dieser Zwerg sich mal bewegte, bevor ich diesem Henry vollends verfallen war und nur noch 'ja, ich will' stammelte. Ein wehmütiger Blick streifte mich. 'Ich hoffe, es hatte ein gutes Ende', versuchte ich etwas Sinnvolles zu sagen. 'Es fand leider ein sehr böses Ende', entgegnete er. 'Oh, tut mir leid', stammelte ich. 'Ich freue mich sehr, Sie kennenzulernen Madame...? 'Caty Gärtner', stellte ich mich vor. Er sah mich sonderbar an und küsste tatsächlich meine Hand. Oh Gott, ich wollte nur eines - mit diesem Mann sofort Sex haben. Du lieber Himmel, was dachte ich nur. Es wahr wohl mein Collier, es wollte die Einheit mit den Smaragden, ich wollte die Einheit mit ihm. Wahrscheinlich war ich verhext. 'Caty, ich würde Sie gerne näher kennen lernen. Darf Sie mein Chauffeur morgen zum Dinner

abholen ?' flüsterte er mir ins Ohr. Ich hörte mich ein willenloses 'ja' hauchen. 'Also um 20.00 Uhr, ja, Goldregenweg 9. Mein Chauffeur wird da sein', Caty. Pretty Woman reloaded.
Und wieder war es, als ob ein 'mon cher' in meinem Kopf tönte. 'Ich muss gehen'. Und er warf mir eine Kusshand zu und weg war er.
'Mon cher, mon ami, Blabla"' näherte sich mir eine sprechende rote Samttasche. 'Verdammt, wo warst du Lionel, dieser Mann hätte alles mit mir anstellen können", brachte ich mit noch immer leicht geröteten Wangen hervor. 'Tut mir leid ma douce blonde', das ging alles so schnell. 'Er hat Charisma, was', sagte er mit sorgenvollem Blick auf mich. 'Ja, er macht mir Angst. Ich verliere die Kontrolle und ich frage mich wieso'. 'Das liegt wohl an eurer gemeinsamen Vergangenheit. Aber mehr kann ich dazu jetzt nicht sagen. Das würde unsere Mission gefährden. Zum gegebenen Zeitpunkt wirst du es erfahren,' ließ mich Lionel mal wieder dumm sterben. 'Na toll", murrte ich und wusste, das es sinnlos war jetzt nachzubohren. Ich wusste, ich kannte ihn, aber woher....'ich muss dringend mit Merliste sprechen, ich melde mich bei dir' und weg war der Zwerg. Und ich stand da mit meinem Gefühlschaos. Ich musste sofort nach Hause.

Henry de Rothmans war ein harter Mensch. Doch in diesem Moment, als er Catherine wieder sah, spürte er erstmals eine Regung in seinem Herzen. Nur nicht sentimental werden, Alter Junge, sagte er sich. Doch konnte er an nichts anderes denken als an diese Caty. Sie war noch immer so schön wie damals. Sie konnte ihm zum Verhängnis werden. Verdammte Vergangenheit, er hatte nunmal diesen Weg gewählt, vielleicht konnte er sie diesmal von seinem Weg überzeugen. Er hatte sie über die Jahrhunderte hinweg nie aufgegeben und lange gewartet, sie wiederzusehen. Er musste mehr über sie herausfinden. Er war gespannt auf morgen. Wenn sie ihn wieder erkennen würde, würde sie ihn wohl hassen. Er würde sie einladen in sein Anwesen in der Provence in Südfrankreich. Sie würde das Schlößchen lieben, dort waren sie in der Vergangenheit sehr glücklich gewesen. In der romantischen Avenue du Templier - ehemals Hauptsitz des Templerordens in Montpellier. Dann fiel ihm die Kette um ihren Hals ein. Sie erinnerte ihn an ein Artefakt, dass die Staccarsi an das Elbenpack verloren hatten. Er hasste die Zwerge, sie hatten immer schon mit den Templern zusammengearbeitet. Er hatte von einer mächtigen Elfe gehört, die hinter seinen Smaragden her war. Sie waren immer sehr schön diese Elfen. Er hatte mal eine mögliche kennengelernt, man munkelte es jedenfalls. Sie hieß Marilyn, eine Sexbombe. Doch die Staccarsi mussten ihren menschlichen Körper eliminieren, sie wusste zuviel. Sie hatte ein Verhältnis mit einem Präsidenten, den sie auch eliminieren mussten. Der wollte doch glatt eigenes Geld für sein Volk drucken... Seine Catherine war ihr sehr ähnlich. Er stand auf platinblonde Schönheiten...er liebte die Mischung aus Unschuld und sinnlicher Laszivität. Oh Catherine, hatte das Spiel beherrscht. Sie hatte ihn halb um den Verstand gebracht und beinahe hätte er ihretwegen seinen Thron aufs Spiel gesetzt. Aber der damalige Großmeister der Staccarsi, der oberste Hüter des Vatikans himself, hatte seiner romantischen Ader ein jähes Ende gesetzt. Damals hatte er sich für die dunkle Seite entschieden. Dafür war er dem Großmeister der Staccarsi nachgefolgt. Catherine hatte ihn sehr geliebt, aber nicht genug. Sie hatte auch seinen Rosengarten geliebt. Als sie Henry verließ, verwelkten am selben Tag alle Rosen. Er dachte mit Schrecken an diesen furchtbaren Tag. Doch er musste jetzt klar bleiben, übermorgen kam Omar nach Wien und wollte die Steine mitnehmen. Er konnte sich keinen Fehler erlauben. Er war der Großmeister der Staccarsi di Luce. Seine Seele war verloren. Zum ersten Mal seit Jahrhunderten verspürte er ein leichtes Bedauern über diesen Umstand.

CYA - Karma Screenings.

In der Cyberabteilung der LPA bei den Cyberagents ging es geschäftig zu. Cybille, die Leiterin der CYA in ihrem silbrigen Overall und den kurzen platinblonden Haaren sah aus wie frisch aus Star Trek gebeamt. Tatsächlich hatte sie sich nur aus dem Cyberspace gebeamt. Sie hatte nämlich von Sir Lionel den Auftrag erhalten, Caty und Henry de Rothmans durch das Karma-Screening Programm laufen zu lassen. Er hatte da so eine Ahnung...

CS (carma screen) war ein sehr abgefahrenes Programm, dass Liisa und Cybille erst kürzlich entwickelt hatten. Zugriff hatten nur ganz Wenige. Denn was das Programm ausspuckte war schon außergewöhnlich. Sie hatten mittels der KI-Struktur, die sie im world-wood-web installiert hatten, Zugriff auf viele persönliche Daten der Mitglieder im 'Menschen-Web'. Ein spezieller Algorithmus, der auf die Vergangenheit der Mitglieder zugriff und deren karmische Verbindungen, konnte herausfiltern, mit wem jemand entweder karmische Verbindungen hatte (also diese Person aus einem Vorleben kannte), oder karmische Verstrickungen hatte. Das bedeutete, es musste wieder ein Gleichgewicht hergestellt werden. Die Beziehung war bei einer Seite zuviel im Plus oder im Minus, d.h. Einer oder Eine hatte dem Anderen Leid zugefügt. In solch einem Fall, durften die Elfen keinesfalls eingreifen.. Dann gab es noch zwei weitere Parameter, die bei jeder Person ins Kalkül gezogen wurden, nämlich der Aspekt des 'kollektiven Karmas' und der Aspekt des 'ethnischen' Karmas. Wir hatten auch einen ethnischen DNA-Strang. Wobei man nicht sagen konnte, die Menschen in Afrika, die Hunger litten, hatten mieses Karma. Hier wurde der 'Hunger der Seele' und das 'Konzept Hunger' auf eine Menschengruppe projiziert, die es dann ausbaden musste. Denn mit nur 7 Mrd. Dollar konnte der Hunger auf der Welt beseitigt werden (lt. UN). Jemand der behauptete, dass arme Menschen mieses Karma hatten, schaffte für sich wirklich mieses Karma. Auch diejenigen schafften sich mieses Karma, die marode Banken retteten, anstatt Menschen vor dem Hungertod zu bewahren. Hier hatte Jean Ziegler in jedem Fall recht mit all seinen Aussagen.

Lionel wollte, bevor Caty auf Henry traf, sicherheitshalber checken, ob die beiden eine Verbindung hatten, denn das könnte den Auftrag ziemlich verkomplizieren. Cybille gab mittels Sprachbefehl die notwendigen Parameter ein und wartete gespannt. Und da blinkte es rot, oje - rot war karmische Verstrickung...im nächsten Moment poppte schon ein Bild mit den beiden aus ihrer Zeit im Frankreich der Templer auf. Catherine Jardin-Fleuri alias heute Caty A. Gärtner, war die Geliebte von Henry IV. Dem heutigen Großmeister der Staccarsi di Luce und damals Mörder aller Templer. Cybille hielt kurz die Luft an. Das Positive war immerhin, dass Caty karmisch auf der Plusseite lag und Henry ein dickes Minus hatte. Sie musste dringend Lionel und Merliste informieren. Hoffentlich war es nicht zu spät und Caty war Henry schon begegnet. Zu spät...

Krisensitzung.

In einem Baumhaus in der Schweiz saß ein Zwerg namens Lionel auf seiner geliebten chesterfieldartigen Mooscouch. Die Knöpfe der Couch waren geschliffene Bergkristalle. Neben ihm saß eine entzückende honigblondgelockte Fee namens Merliste. Fairymatrix war wieder in L.A. eingesetzt. Liisa manifestierte sich gerade am anderen Ende der Couch. 'Wir haben ein kleines Problem', konstatierte liisa trocken. 'Ich habe erst gestern erfahren, das Caty Henrys Catherine war', sprach Lionel leicht erschüttert. 'Wir dürfen auch nicht eingreifen, dies fällt unter die karmischen Gesetze des Freien Willens', meldete sich Merliste zu Wort, die Expertin in allem Liebesangelegenheiten. Catherine hat damals als Jacques starb, geschworen, niemals wieder ihr Herz zu verschenken. Wenn sie ihr Herz nicht bald öffnet, dann wird es Henry vielleicht gelingen, sie auf seine Seite zu ziehen. Sie hat ihn auch geliebt. Wisst ihr, sie ist ein Katalysator in der Bastet Geschichte. Auch sie muss den Kampf der hellen und der dunklen Seite ihrer Weiblichkeit fechten. Erst wenn sie diesen Kampf in sich gefochten hat, kann sie die Smaragde sehen und Bastet zurückgeben! Sie trifft Henry heute im Hotel und wir dürfen nicht eingreifen, so der Zwerg unheilschwanger.

Lionel dachte nach und sprang plötzlich aufgeregt auf. Daher musste wohl die Mär vom Rumpelstilzchen entstanden sein. 'Es braucht wohl denjenigen, den sie noch mehr geliebt hat, nämlich Jacques de Molay,' sagte Lionel triumphierend. Er lebt in diesem Jahrhundert, könnte Catys Großvaters sein und heißt Jakob Salomo Leuchtenstein. Er lebt in Israel und ist Heiler für Herzensangelegenheiten. 'Na wenn das keine guten Neuigkeiten sind', freute sich Merliste. Sie kannte Jakob schon sehr lange, er war der Heiler der Elfen. Sie hatte nicht gewusst, dass er der Großmeister der Templer gewesen war. 'Dann wird es wohl Zeit sich wiederzusehen', dachte sie.

Zur gleichen Zeit.

Ich fuhr bald nach Henrys und Lionels Abgang nach Hause, wo mich Elvis schon sehnsüchtig erwartete. Ich hatte einiges zu erzählen. Er war in seiner Giacomo Seele hellauf begeistert, jedoch in seiner Elvis Seele überaus besorgt. Ich war verzweifelt und verzückt. Mein Herz brannte lichterloh. Ich war in einem Konflikt. Ich musste morgen unbedingt Merlistes Mauerblümchen-Immunitätstrank zu mir nehmen, oder wollte ich ihn gar nicht trinken? Oh, ich durfte die Elfen nicht enttäuschen. Was heißt die Elfen? Ich konnte mich nicht in den Bösesten aller Buben verlieben, sondern ich musste ihm die Smaragde abluchsen. Dennoch verband mich ein Schicksal mit diesem Mann. Der Abend nahte und kein Lionel weit und breit, sehr sonderbar. Nun gut, ich konnte mich tagsüber auf nichts anderes konzentrieren. Ich würde versuchen, etwas über die Smaragde herauszubekommen. Ich wählte diesmal ein schlichtes mintgrünes Samtkleid mit einem nudefarbenen Spitzenvolant, der eine Unterkleidoptik erzeugte und keck hervorlugte. Dazu mintgrüne Samtpumps und drunter meine beste schwarze Seidenunterwäsche von La Perla. Dieses Ensemble hatte mir vor vielen Jahren ein Galan geschenkt, zum Preis eines

Monatsgehalts. Diesmal konnte es eine kleine Tasche sein. Der Trank von Merliste befand sich in ihr. Ich verabschiedete mich von Elvis und der wünschte mir Glück und verdrehte die Katzenaugen, was lustig aussah.
Draußen parkte gerade ein schwarzer Mercedes mit getönten Scheiben. Ich holte tief Luft und schritt wieder die Stufen hinunter. Ich sah blendend und sehr sexy aus. Ich stieg in die Limousine und los gings. Der Chauffeur fuhr in Richtung City. Er warf mir einen sonderbaren Blick zu, las ich da Bedauern...? Er ließ mich vor dem Hotel Hyatt The Bank aussteigen und sagte mir, ich möge am Empfang nach Monsieur de Rothmans fragen. Gut, das tat ich - das Hotel hatte eine tolle Lobby! Ein Page bat mich, ihm zu folgen und sagte mir, er würde mich in die Penthousesuite geleiten. Ich fühlte mich gerade wie Julia Roberts in Pretty Woman. Es ging ein paar Stockwerke aufwärts und der Page öffnete mir die Suite. Da stand ein strahlender Henry im mitternachtsblauen Armanianzug und lächelte mich mit einem charmanten Lächeln an. Er gab dem Pagen noch ein Trinkgeld und führte mich zu einer kleinen Bar in seiner Suite. Die Suite war atemberaubend! Der Ausblick war toll, man sah bis auf den Kahlenberg. Auch die Bar war sehr geschmackvoll mit Marmor und Bergkristallplatten gestaltet. Er nahm meine

Hand und sagte, 'sie sehen bezaubernd aus Caty'. Ich schenkte ihm ein reizendes Lächeln. Darf es Champagner sein? fragte er mich. 'aber gerne Ms. de Rothmans', antwortete ich charmant. 'Bitte nennen Sie mich Henry meine Liebe'. Aber gerne Henry. Seine Haare waren dunkelgrau und wurden an den Schläfen bereits weiß. Er war ein schöner Mann. Ein bisschen Rock Hudson und die Augen von George Hamilton. Tja Mädels mit diesem Mann trank ich rosafarbenen Champagner. Aber es war brandgefährlich. Wir setzen uns auf die Couch und stießen unsere Gläser zusammen. Er sagte 'sante - auf dich' und sah mir tief in die Augen. Wie sollte ich hier nur meine Funktion als Agent Provokateur erfüllen...ich vergaß beinahe an meinem Glas zu nippen. Dann sagte er: 'ich habe lange gewartet dich wiederzusehen Catherine'. Es war wohl nur ein Tag, entgegnete ich. Oh ja, meine Liebe, nur ein Tag, doch er war für mich wie eine Ewigkeit, säuselte er. Diese Franzosen, aber bei ihm klang es, als ob es durchaus eine Ewigkeit gewesen wäre. Ich überlegte mir gerade, wie ich die Sprache unauffällig auf Juwelen lenken konnte, als er mir das Glas aus der Hand nahm und mich näher an sich heranzog. Plötzlich waren seine Lippen auf meinen und der Rausch dieses Kusses riss mich in eine abgrundtiefe und sinnliche Leidenschaft. Ein Teil in mir, der bisher geschlummert hatte, erwachte. Es war mir, als hätten sich diese Lippen wiedergetroffen nach unendlich langer Zeit. Er murmelte 'mon cher catherine'. Oh, es war ein Meilensteinkuss.. Doch plötzlich hielt er inne. Etwas in seinen Gesichtszügen wurde hart und ich sah für einen Moment den Henry de Rothmans, den Großmeister der Staccarsi di Luce. Den gefährlichsten Feind der Gemeinschaft des Lichts. Seine Augen sahen mich für einen Augenblick wehmütig an, dann starrte mir eine eigenartige Leere entgegen. Mir rieselte ein kalter Schauer über den Rücken und ich spürte ganz kurz ein Gefühl des Hasses in mir aufglühen. 'Verzeih mir Caty, ich konnte nicht anders', entschuldigte er sich für den Kuss des Jahrhunderts. 'Aber keine Ursache, es war nicht so schlimm', verzieh ich seine ‚Entgleisung'. Wir gingen an einen tollen Esstisch und Henry servierte uns ein leckeres Menü aus Fisch und Gemüse. Ich war ja Vegetarierin und aß nur die köstlichen Beilagen. Henry war ein charmanter Gastgeber und ich fühlte, wie es in seiner Brust brodelte und er nur sehr schwer die Contenance behielt. Er starrte mich unentwegt an und ich fühlte mich wie die Nachspeise. Als wir mit dem Essen fertig waren, bot er mir einen Digestiv aus seiner schmucken Bar. Ich nahm dankend den Averna. Er entspannte mich so herrlich und machte meinen Bauch warm. Der Schnaps hatte ihn offenbar auch etwas erwärmt und plötzlich brach es aus ihm heraus. Er nahm meine Hand und ging mit mir zielorientiert in Richtung eines sehr feudalen und riesigen Bettes. Dann nahm der Rausch der Leidenschaft seinen Lauf. Ich weiß gar nicht mehr, wie ich aus den Kleidern kam oder ob ich je Kleider anhatte. Plötzlich lag ich nackt in den Armen dieses Mannes und ich wusste nicht mehr, wo mein Körper anfing und seiner aufhörte. Ich verlor jegliches Zeitgefühl und eine nie gekannte Leidenschaft zog mich ins Auge eines Tornados. Es war, als wirbelte es mich durch die Zeit und plötzlich war ich eine Frau in einem Korsett mit entzückenden blonden Korkenzieherlöckchen. Mein Lachen war glockenhell und ich umarmte einen Mann namens Henry mit langem dunklen Haar. Eben diesen Mann, mit dem ich gerade im Bett lag. Vergangenheit und Gegenwart verschmolzen zu einer bittersüßen Wirklichkeit. Wir erlebten reine Ekstase. Ich vergaß alles um mich. Ich war Catherine, die Geliebte von Henry. Wir lösten uns voneinander, um wieder miteinander zu verschmelzen. Die ganze Nacht, Stunden um Stunden tranken wir den köstlichen Nektar der Ekstase. Als ob es kein Morgen mehr gäbe.

Der Morgen danach.

Es gab ein morgen. Ich wachte nämlich an besagtem morgen auf und wusste im ersten Moment nicht wo ich mich befand. Dann erinnerte ich mich. Oh, welche Wonnen...doch das Bett neben mir war leer, außer einem Zettelchen auf dem stand: Es war sehr schön, mon cher....ich rufe dich an! Na toll, wie sollte ich das Lionel erklären, obwohl, die Arbeit einer Agentin verlangt so manches Opfer. Ich fühlte mich wie Mata Hari. Es war unglaublich schön mit Henry gewesen, doch tief drinnen in mir wusste ich, dass es nicht sein konnte. Es würde mich verbrennen. Mann, ich hatte ein Händchen für Männer und Merlistes Trank hatte ich sowas von nicht nicht getrunken.
Ich duschte in der luxuriösen Marmordusche und bedauerte es, Henrys Energie abzuwaschen. Ich wusste, Henry hatte noch eine andere Seite, die mich in den Abgrund ziehen würde, wenn ich so weitermachte. Verdammt, warum war ich immer so gnadenlos ehrlich zu mir. Mein Körper, ja jede Zelle war ganz anderer Meinung und ich hatte wahrlich Nachholbedarf in diesen Belangen. Henry hatte die Sexgöttin in mir aktiviert. Ich putze mir noch die Zähne, zog mich an und fuhr mit dem Taxi nach Hause. Henry hatte

mir am Esstisch noch ein kleines Frühstück vorbereitet. Wie süß....das Schokocroissant aß ich im Taxi. Ich war noch voll im Glückshormonrausch.

In meinem Wohnzimmer wartete schon die ganze Brigade auf mich. Toll...Lionel, Elvis und Merliste. Alle starrten mich mit neugierigen Augen an.
Das war genau was ich jetzt brauchte. In Ruhe über die Lage zu reflektieren. Tja, mit einem Zwerg, einem Kater und einer Fee. Ich setzte mich und musste gar nichts sagen. Elvis konnte sich einen Song nicht verkneifen der da lautete:

"Kiss kiss
Sweet mystery
Let's make history"

Merliste bemerkte mit ihrem bezaubernden Timbre 'wir haben eine kleine Herausforderung'. In der Tat, dachte ich. Wir können auch nur bedingt eingreifen, da es sich um einen karmischen Vertrag zwischen dir und Henry handelt. Allerdings möchten wir gerne, dass du jemanden kennenlernst! sagte Merliste. Ich wusste, es war eine Verbindung zu Henry da. 'Nein, nicht schon wieder....noch so einen verkrafte ich nicht', tat ich Lionel meine Gefühle kund. 'Er ist so eine Art Therapeut', meinte Lionel. 'Ich bin nicht krank', entgegnete ich entrüstet. 'Du wirst sehen, er wird dir guttun. Er hat eine Methode entwickelt, bei der du die negativen Aspekte der Vergangenheit loslassen kannst. Sogar auf Zellebene'. Klang ja äußerst vielversprechend. Her mit ihm, sagte ich resignierend. Sehr gut. Lionel und Merliste sahen sich zufrieden an. Du hast heute um 15.00 Uhr deine erste Therapiestunde, in der Schlachthausgasse 9. Na, hoffentlich nicht nomen est omen. Er ist Israeli und sein Name ist Jakob Salomo Leuchtenstein. Er spricht englisch. Kaum hatte er das gesagt, krampfte sich mein Magen zusammen und ich rannte zur Toilette. Schade um das deliziöse Dinner. Wollt ihr mir nicht mehr zu der Angelegenheit sagen, versuchte ich nochmal einen Anlauf zur Wahrheitsfindung. Es ist besser du weißt nichts, alle im Tenor. Ok, Überraschung war schon mein zweiter Vorname, Caty Ü. Gärtner oder Türkisch üzdül. Wir lassen dich jetzt allein und flugs war das Trio verschwunden.

Erstmals war ich froh, das zumindest zwei von den Süßen weg waren. Denn der Dritte im Bunde saß ja noch mit neugieriger Miene auf meiner Couch und formierte gerade in seinem Geist die Worte 'dunkle Begierden, sie haben mich in einen Vierbeinerzustand verfrachtet'. Ich wäre sicher eine süße Mieze, eine Karthäusermieze oder eine schöne schneeweisse, denn mein Haar würde ohnehin bald schlohweiß werden. Entweder weil es die Ereignisse umfärben würden oder weil ich die Färbemischung falsch mixte. Meine Naturhaarfarbe war nämlich honigblond. Ich war mittlerweile Expertin zur Beseitigung von jeglichem Gelbstich, das könnte mein Ästhetinnenauge nicht ertragen. Nach Lilaexperimenten schaffe ich schon ein sehr schönes helles leicht aschiges Blond. Wobei mir Fairymatrix versprochen hatte, etwas Natürliches für mich herzustellen, dass trotzdem dieselbe Färbewirkung hatte und mir nicht irgendwann die Kopfhaut verätzen würde. Wenn ich die Rezeptur davon bekam und vermarktete, konnte ich bald in das Penthouse über der Bäckerei umziehen...

Übrigens mein Süßer, zu Elvis gewandt, was ich dich ohnehin schon immer fragen wollte, ist Folgendes: warum waren die Frauen so verrückt nach dir? musste ich jetzt von meinem flauschigsten Womanizer seiner Zeit wissen. 'Tja Süße, mein Geheimnis nach wie vor ist, dass ich Frauen wie Miezen immer wie Göttinnen behandle. Ich habe jede einzelne geliebt. Jede war einzigartig. Das haben leider nicht alle in der Essenz verstanden.' Das ließ mich mein Miezenflüsterer wissen. Darüber würde ich nachdenken. Ich guckte mit Elvis noch ein bisschen Charlie Harper aus 'Two and a half men'. Ich krümelte mich vor Lachen. Doch Elvis war entsetzt, wie Charlie die Frauen behandelte. 'So hätte ich niemals meine Geliebten behandelt. Was für eine Zeit!' staunte mein 'integrer' Casanovamiez. 'Ja, Charlie ist ein Misogyn..', merkte ich an. 'Jemand der gerne Misosuppe ißt? fragte Elvis interessiert. 'Nein, das heißt Frauenhasser!' informierte ich den Kater. 'Ja, er verachtet Frauen und denen scheint dies nichts auszumachen', wunderte er sich. Zu meiner Zeit wäre er schon längst ein Frosch geworden', bemerkte er trocken. 'Ja, so einem Strandhaus in Malibu wohnt ein eigener Zauber inne mein Süßer', klärte ich ihn über die magischen Verführungstools der Neuzeit auf. Gegen Henry war Charlie allerdings ein Chorknabe....

Doch jetzt musste ich mich ein bisschen hinlegen und noch etwas in der letzten Nacht schwelgen. Mon cher hin und her, ich war Ermittlerin im Dienste ihrer Zwergenmajestät und ich musste irgendwie die Smaragde heranschaffen. Und ich wollte diesen Henry ununterbrochen vernaschen, vielleicht konnte ich ihn ja wieder zum Guten bekehren. Der Irrglaube aller Frauen. Dann bekam er ein Bierbäuchlein, wusch sich nicht mehr die Haare, machte die Schuhbänder nicht mehr zu, rülpste, furzte und wurde vollends uninteressant und unerotisch. Ich stellte mir den Wecker, ich hatte ja diesen Psychoheinitermin oder was immer er war.

Venedig im Jahr 1760

Es war eine lauschige, rauschige und rauschende Ballnacht im schönen Venedig. Der Ballsaal im Palazzo war auch der prächtigste seiner Zeit. Nur die schönsten und reichsten Damen und Herren der venezianischen Gesellschaft schwangen hier das Tanzbein. Die Comtesse Dufay hatte den Palazzo gekauft und lud zum Fest. Die Comtesse war eine Schönheit mit feuerrotem langen gewelltem Haar. Ihre grünen Augen sprühten Funken der Leidenschaft. Ihre Rundungen waren legendär. Sie trug ein smaragdgrünes Samt-/Brokatkleid, das den anwesenden Herren, auch aufgrund des Dekolletés der Comtesse, den Atem verschlug. Doch die schöne Marguerite hatte nur Augen für Einen. Er war der begehrteste Mann in Venedig. Der eleganteste, smarteste und attraktivste Galant seiner Epoche - Giacomo G. Casanova. Er betrat gerade den Ballsaal. Alle Augen richteten sich auf ihn, ein Raunen ging durch den Saal. Doch er sah nur Eine. Ihr feuerrotes Haar leuchtete im Kerzenlicht und ihre wundervollen Lippen hielten immer was sie versprachen. Sein Herz pochte wie wild. Er hatte selten eine Frau so begehrt wie sie und was das Schlimmste war - er liebte sie wie keine. Er schrieb seine schönsten Liebesreime nur für sie, na ja, fast nur für sie. Doch er wusste, wie er tickte und dass es kein gutes Ende nehmen würde. So true....miau

Der Psychoheini.

Einige Stunden zuvor checkte gerade ein weißhaariger Mann mit Bart, der ein bisschen an Käpt'n Iglo und Moses erinnerte, am Flughafen in Tel Aviv ein. Destination: Wien. Dort wurde er gebraucht, dringend. Es war neugierig, es würde diesmal auch für ihn Heilung bedeuten. Er arbeitete schon seit vielen Jahrhunderten für die Little People. Er hatte schon oft die Kastanien aus dem Feuer geholt, wie man so schön sagte. In Frankreich mal direkt aus dem Feuer, konnte man sagen. Er schüttelte sich angeekelt. Es war ein grausamer Tod gewesen und die Betäubungstropfen hatten zu spät gewirkt. Diesmal war er mit herausragenden Heilfähigkeiten ausgestattet, die er sich allerdings auch in Jahren erarbeiten musste. Nach einem Erlebnis, wo er sich einen verletzten Knöchel heilte, nachdem türkisblaues Licht aus seiner Hand kam. Danach jahrelang keine Reaktionen aus seinen Händen mehr. Doch er gab nicht auf, bis diese Fähigkeit wieder aktiviert war. Jetzt konnte er alles, von Kristallen bis Wasser in eine Schwingung von 8 Hertz versetzen. Was die Selbstheilung in Organismen aktivierte, da es die ursprüngliche Frequenz von Planet Erde war. Sein Name: Jakob Salomo Leuchtenstein, israelischer Staatsbürger.

Währenddessen träumte ich noch leidenschaftlich weiter und verfluchte den schrillen Ton des Weckers. Außerdem hatte Elvis wieder auf meinem Kopf geschlafen und mir die Luftzufuhr weitestgehend abgeschnitten. Vielleicht endete mein leidenschaftlicher Traum deshalb mit Atemnot. Wie auch immer, ich musste mich ankleiden und wieder einigermaßen restaurieren. Diesmal warf ich mich nicht so in Schale, außerdem hatte ich ein ungutes Ziehen im Magen. Eine gewisse Magenfläue. Die Adresse Schlachthausgasse machte mir auch etwas Sorgen. Die Gegend war nicht unbedingt nach meinem Geschmack. Ich beschloss, mit Öffis zu fahren. Mit dem Auto war es kreuz und quer durch Wien und dazu hatte ich heute partout keine Lust. Ich wollte in der Straßenbahn einfach meinen Gedanken nachhängen. Außerdem guckte ich dauernd auf mein Handy und wartete auf den Anruf meines Superlovers. Oh, ich hasste diesen Anhaftungszustand. Ich war ein Feuerpferd nach dem chinesischen Tierkreis. Der Vorteil wenn mal viel Feuer hatte, ist der, dass der Verschmelzzustand sehr leicht erreicht wurde, jedoch der Entschmelzzustand umso schwieriger war. Außerdem die Rezeptoren im Gehirn weiter nach der Droge Ekstase dürsteten, was waren wir doch für biochemische Hüllen....Je näher ich der Schlachthausgasse kam, desto mehr kalter Schweiß bildete sich auf meiner Stirn. Jetzt nicht ablosen, dachte ich mir. Endlich da, fuhr ich die Rolltreppe hinauf und traf auf die ziemlich unglamouröse Atmosphäre dieser U-Bahnstation. Auch die Gasse selbst bot ein tristes Ambiente. Ich sah Nummer 9. Es war ein unscheinbares Gebäude, mit einem Gerüst davor. Der oberste Bereich war gerade in einem hellen Gelb neu gestrichen worden, während der Rest von den Abgasen grauslich dunkelbraun war. Tür 9, was bei einem Altbau wie diesem der 3. Stock bedeutete, wenn man das Mezzanin mitzählte und natürlich benötigte man für den Lift einen Schlüssel.

Gut, als ich oben ankam war ich ziemlich alle. Die Tür war angelehnt und ich trat in einen Vorraum und schloss die Tür hinter mir. Ich wurde offenbar erwartet. Aus dem Nebenzimmer, wo es offenbar zur Sache ging, tönte sphärische Musik von Enya glaube ich....i dreamt, i dreamt of marble halls, ja das war Enya. Ich näherte mich dem Zimmer und hörte ein tiefes 'come in'. Jetzt wurde mir richtig mulmig. Der Raum war stockdunkel und ich sah die Umrisse eines Mannes mit offenbar weissem Haar, einem Bart und Glatze. Er sah ein bisschen aus wie Käpt'n Iglo aus der Fernsehwerbung. 'Take a seat'. Ich nahm auf dem einzigen Sessel in der Mitte Platz. Plötzlich sagte er 'you wanna really let go of the past'. Yes, hörte ich mich sagen. 'Really' fragte er mich nochmals. Yes, piepste ich schon etwas kleinlauter. Ich wusste ja gar nichts Näheres über diesen Mann, aber da ihn die Elfen empfohlen hatten, hatte er sicher einiges drauf, was immer er machte. Und so sollte es auch sein.

Er schloss die Tür und sagte noch kryptisch 'well, let's start' und drehte die Musik ziemlich laut. Dann stellte er sich hinter mich und legte seine Hände auf meinem Kopf und umfasste auch meine Stirn. Seine Hände waren glühend heiß und plötzlich war es mir, als ob alle nicht geweinten Tränen in mir aufstiegen. Eine gigantische Welle aus Schmerz wogte über mich. Ich hörte seine Stimme, die sagte 'let the pain go und let the past go'. Das tat ich. Ich weinte und schluchzte und schrie und stampfte. Ich spürte einen gewaltigen Schmerz in meiner Brust, ich schrie ihn heraus und nach, wie es mir schien, endlos langer Zeit, fühlte ich in mir keinerlei Schmerz mehr, sondern nur einen unglaublichen Frieden und eine Freude. Ich sah mich plötzlich als

Meerjungfrau mit lila glitzernder Haut mit zwei Delfinen schwimmen. Ich empfand unbeschreibliche Freude und Freiheit. Die Sonne und das Meer glitzerten auf meiner Haut. Es war unbeschreiblich. Ich wollte ewig in diesem Zustand verbleiben. Doch irgendwann wurde die Musik leiser bis sie plötzlich ganz still war. Sachte drehte er ein kleines Lämpchen auf und ich öffnete langsam die Augen. Jetzt erst sah ich den Mann. Er sah aus, wie ich mir immer einen Großvater gewünscht hatte. Er war der perfekte Mix aus Käpt'n Iglo, Moses und diesem Schauspieler aus Star Trek, der immer den Obersten Befehlshaber der Sternenflotte spielte. In diesem Moment adoptierte ich ihn als meinen Großvater. Jetzt sah ich auch seine Augen und sie erinnerten mich an jemanden. Ich wusste nur nicht an wen....Tatsache war, dass mich mit diesem Mann auf immer und ewig eine Liebe verbinden würde, die ihresgleichen suchen musste. Der Bann um mein Herz war gebrochen. Ich war wieder da, hatte mich wieder gefunden. Ich fühlte mich unglaublich, wie eine Ausstülpung des Himmels, die auf Erden wandelt. Das Schönste dabei aber war, dass ich die unendliche Liebe und Fürsorge des Universums für mich spürte, die ewiglich war. Ich kann es kaum beschreiben, doch von da an wusste ich, egal wie schlimm es kommen möge, das Universum, liebte mich unendlich und würde mich nie im Stich lassen. Ich fühlte die Unsterblichkeit der Seele. Wir umarmten uns und es war, als ob ich endlich nach Hause kam. Wie der Song von Sarah Brightman aus ihrem Album 'Harem' - the war is over now, coming home again...

Wer war dieser Mann? Eine alte Liebe war wiedergefunden, das war mir klar. Ich fühlte mich wie das Lamm, das wieder zur Löwin geworden war.

Als ich in der U-Bahn Richtung heimwärts saß, sah ich die Menschen und in mir war nur Frieden. Der Clue war, daß dieser Frieden aus der totalen Urteilsfreiheit entstand. Ich sah die Menschen um mich und ich sah sie mit Mitgefühl und Liebe an, denn sie trugen mit Sicherheit alle noch den Schmerz mit sich, den ich gerade hatte loslassen dürfen. Das Universum hatte ihn mir einfach bereitwillig abgenommen.

Oh, welch eine befreite Welt hätten wir, wenn wir nicht alle diese Ballons mit uns herumtragen würden. Zwischen einer Umarmung liegen Universen an Ballast. Wir haben vergessen, uns wirklich zu sehen wie wir sind. Wir sind vollgepfropft mit Konzepten, die wir über unser Gegenüber stülpen wie eine Rolle, die in unser Drehbuch passen muss. Schert jemand aus dieser Rolle aus und weigert sich mitzuspielen, sind wir böse und zutiefst beleidigt. Anstatt dass wir das Licht, dass dieser Person innewohnt, leuchten sehen. Alle Leute starrten mich an. Ich sah aus, wie das strahlende Licht persönlich. Es war, als ob alles was ich mir wünschte ohne jegliche Anstrengung zu mir gezogen wurde. Mühelos und mit großer Leichtigkeit. Der normale Urzustand unseres Seins. Ein tiefes Gefühl der Dankbarkeit durchflutete mich. Die Sorgen um die Smaragde, Henry und alles andere war im Moment nicht mehr wichtig. Ich hatte mein Herz wieder. Ich hatte diese Freiheit schon lange nicht mehr gespürt. Möge dieser Zustand doch ewig währen. Ein Mensch der von innen heraus leuchtet ist wie ein Liebesmagnet. Und ich meine nicht das Leuchten, dass von einer atomaren Verseuchung herrührte....ich war neugeboren. Und ich wusste glasklar was ich zu tun hatte. Die dunkle Seite durfte nicht gewinnen. Diese Elfen waren schlau, mit ihrem Wundertherapeuten hatten sie mich wieder auf Spur gebracht. Vielleicht konnte ich Henry ja doch auf meine Seite ziehen.

In der City dachte gerade ein attraktiver Mann namens Henry dasselbe. In den letzten Stunden hatte er ein sonderbares Gefühl

empfunden. Etwas war mit seiner Catherine geschehen, er spürte sie nicht mehr so richtig und da war noch eine andere Energie, die ihn etwas beunruhigte. Und Henry de Rothmans beunruhigte selten etwas. Er würde mit allen Mitteln um Catherine kämpfen. Diesmal würde er sie nicht diesem Jacques überlassen. Beim Gedanken daran spürte er wieder diese ihn beunruhigende Energie. Der Gedanke der ihn gerade wie ein Hammerschlag traf, schnürte ihm die Luft ab. Nein, es konnte nicht sein...doch es war so. Er spürte die Energie von Jacques de Molay an Catherine. Das konnte nicht wahr sein. Für einen Moment hatte er das Gefühl, als würde ihm der Boden unter den Füßen weggezogen. Aber nur für einen Moment. Das war gefährlich. Jacques würde ihn wieder erkennen und dann Gnade ihm...sicher nicht Gott. Er rief Catherine an. 'Hallo mon cher, wie geht es dir, was hast du heute gemacht?'
'Hallo mein Lieber, oh ich hatte eine tolle Therapiestunde bei einem Israeli namens Jakob Salomo Leuchtenstein. Es war unglaublich, ich fühle mich so frei!', antwortete eine zufriedene Cathy. 'Oh, er hatte es gewusst'. Jakob Salomo, König Salomo war der Schutzherr der Templer. Er war es, es gab für ihn keinen Zweifel. Der alte Hass keimte wieder ihn ihm auf. Warum brannte er nicht in

der Hölle weiter. Er würde ihm seine Catherine nie wieder stehlen, schwor er sich. Und das attraktive Gesicht war nur noch eine häßliche Fratze. Er musste die Smaragdübergabe über die Bühne bringen, dann konnte er sich diesem Problem widmen. 'Gut liebste Caty' ich hab noch ein wichtiges Geschäft zu erledigen, dann stehe ich dir ganz zur Verfügung'. Henry fühlte sich unrund.

Nichtsahnend von den trüben Gedanken meines Superlovers trudelte ich mit dem 43er, einer Straßenbahnlinie, die bis zur Endhaltestelle Neuwaldegg fuhr, nach Hause. Ich musste noch fünf Minuten zu Fuß gehen, dann war ich schon zu Hause. Ich passierte die Platanenelfen, die mich immer freundlich grüßten. Sie hatten eine wundervolle feminine und sehr anmutige Energie. Ich begrüßte sie ebenfalls und würde mich immer am liebsten gerne an ihre wunderbare weiche Rinde schmiegen und sie umarmen. Aber manche hielten mich ohnehin schon für äußerst, sagen wir 'exotisch'. Deshalb drückte ich ihnen nur kurz ein Bussi im Vorbeigehen auf den Baumrücken. Ich war im Moment auch unbeschreiblich glücklich, waren doch nur Menschen um mich, die ich liebte. Oder war es, weil nur Liebe um mich war? Nicht nur Menschen natürlich. Nach dem Telefonat mit

Henry fühlte ich wieder eine Unsicherheit, denn das Geschäft sollte wohl nicht so über die Bühne gehen, wie Henry sich das vorstellte. Oh liebster Henry, gab es noch eine Rettung für deine Seele?

Als ich zu Hause eintrudelte, erwarteten mich natürlich wieder meine körperlichen und nicht so körperlichen Freunde, warum überraschte es mich gar nicht? Na wie geht es dir? fragte mich Lionel listig. 'Wieder auf Spur', antwortete ich. Wer ist dieser Jakob? stellte ich die Frage in den Raum. 'Ein alter Freund der Elfen und auch von dir meine Liebe', antwortete Merliste mit zuckersüßer Stimme und ihrem ureigenen sinnlichen Timbre. Würde sie eine Hotline betreiben, die Leitungen würden sehr schnell hot laufen. Ein alter Freund von mir, dachte ich es mir doch. Ginge es etwas genauer, fragte ich neugierig? Es wird sich dir offenbaren, Hauptsache dein Herz ist wieder in Betrieb, sonst wärst du leichte Beute für die Anderen, sagte Lionel. 'Wer sind die Anderen', wollte ich wissen. 'Wir benennen die dunkle Seite so, denn es hat nicht die Dramatik und dadurch nimmt die Bedeutung der dunklen Energien auch ab', erklärte mir mein weiser Zwergenfreund. 'Es sind Seelen, die noch nicht das Licht des Verstehens erfasst hat', wurde es noch weiser.

Klang fast nach Fairymatrix, sie war für mich der Inbegriff von Güte. Sie war gütig wie der Dalai Lama, dessen gute Freundin sie übrigens ist....

‚Morgen kommt Omar abdel Verrad, er ist der Boss der Staccarsi für den gesamten Arabischen Sektor. Ein übler Bursche, der viele Regierungen in den Abgrund stürzte, auf Kosten der Bewohner des Landes. Er entstammt einer alten Familie in Saudi Arabien und ist reicher als man sich vorstellen konnte. Er war der Sämann von Fanatismus und Terror. Versteht sich prächtig mit einigen Führern der Supermächte', erklärte Lionel. Wen überraschte das noch? Er war die Nummer 2 der Staccarsi und wenn Henry einen Fehler machte, dann rückte Omar an seine Stelle, was auch nicht gerade gute Aussichten waren. Und Omar wartete nur auf seine Chance. Er war ein machtgeiler Fanatiker ohne den geringsten Skrupel. ‚Die LPA Departments in Kairo, Jerusalem und Petra hatten alle Hände voll zu tun, zu verhindern, dass die Machenschaften von Omars Schergen den ganzen Nahen Osten in reine Kriegszone verwandelten. Omar hielt die meisten Anteile an Waffenherstellern, Biotechunternehmen und Ölkonzernen. Sie klonen sogar Elfen, sogenannte No-Hearts',

brachte mich Lionel auf den neuesten Stand. Wow, ich war geflasht und etwas ängstlich.
'Und unser König Albert Rich hat uns - und speziell dich Caty noch einmal eindringlich gebeten, diese Smaragde wieder an ihren Ursprung zu bringen', setzte Lionel noch eins drauf. Das verfehlte seine Wirkung nicht. Der Zwergenkönig war eine imposante Erscheinung und ich glaube, er hatte Augen für Merliste. Sie bekam immer so glitzernde veilchenlila Augen, wenn von ihm die Rede war. Das war immer das Zeichen, wenn Merlistes Liebeskurve massiv anstieg. Sie war immerhin die Königin der Liebe. Der Zwergenkönig war noch Single. Er und die Elfenkönigin waren kein Paar, sie regierten nur gemeinsam. Feld frei für Merliste. Doch die hielt sich mit Röslein bedeckt (schlu-upf u-unter die Deck'...).

'Was ist nun euer Plan, der mir sicher das Leben kosten könnte', fragte ich in die Runde? Du entwendest die Smaragde, wenn du mit Henry dein Tete a Tete hast. Das muss kurz bevor Omar eintrifft stattfinden. Da hat er sie aus dem Safe geholt. Wir haben Duplikate gemacht, ich tausche sie einfach aus, während du Henry etwas ablenkst. Ich nehme dann die echten und verschwinde damit, erläuterte mir Lionel seinen Plan. 'Ok, das klingt ja sehr einfach, aber die merken doch, daß es nicht die echten sind', bekundete ich meine Bedenken. 'Ja, aber Omar wird es erst in Ägypten merken, wenn es längst zu spät ist, du solltest schon weg sein, wenn Omar eintrifft'...klaro, der machte mich gleich alle und ob Henry mich retten würde wusste ich nicht. Es war ohnehin unsere einzige Chance. Omar trifft morgen um 18.00 bei Henry im Hotel ein. Gottseidank, denn würde die Übergabe in den Räumen unter der Erde stattfinden, könnten wir unseren Plan vergessen. Und die Steine Omar abzuluchsen war erheblich schwieriger. 'Du wirst Henry mit einem Besuch um 17.00 Uhr überraschen, da müßte er schon in seinem Zimmer sein. Ich werde den Schlüssel klauen und dich hineinlassen. Gebongt, unser Plan steht', endete Lionel seine Instruktionen. Mir war wieder übel, gebt mir einen Kübel.

Henry war etwas besorgt. Warum tauchte dieser Jakob gerade jetzt auf. Das war mehr als verdächtig. Er musste auf der Hut sein. Wenn er die Übergabe vermasselte, könnte es passieren, daß Omar seinen Platz einnahm. Und er würde für seinen Fehler bezahlen müssen. Und die Bezahlung war meist ein grausamer Tod oder etwas noch Perfideres. Seine Stimmung war mäßig, einzig der Gedanke an Catherine hellte sie etwas auf.

Obwohl, er musste auch mit ihr vorsichtig sein, man konnte Frauen letztendlich nicht trauen. Sie sind einfach viel zu irrational, emotional gesteuerte Wesen, die für so etwas wie Liebe alles hinter sich ließen, wie verrückt und dumm, dachte er den Gedanken zu Ende. Und Catherine hatte ja schon einmal bewiesen, dass ihr diese Dummheit innewohnte. Er war wachsam. Wenn Catherine heute überraschend auftauchen würde, dann wusste er Bescheid. So würde er es anlegen, wenn er in den Besitz der Smaragde gelangen wollte. Er würde sicherheitshalber Vorkehrungen treffen und die Smaragde austauschen.

Pflanzensurfen.

Ich brauchte jetzt Ruhe und fühlte mich superschlau. Aber jetzt musste ich unbedingt eine Runde schlafen. Ich legte mich auf meine türkise Couch und Elvis legte sich im Löffelchen zu mir. Cool, ich schlief mit Giacomo Casanova im Löffelchen....und er war so streichelweich und flauschig. Elvis schnarchte immer wenn er einschlief und zuckte manchmal wild herum wenn er träumte. Es war lustig zu beobachten. Ich träumte nochmal von Meerjungfrauen und von Delfinen. Neben der Couch stand übrigens eine kleine Pflanze, nämlich eine Galathea Amaranthe, die Elfe dazu hieß Thea. Sie hatte wie alle Pflanzenelfen die Haartracht ihrer Pflanze. In diesem Fall hatte sie eine lustige Frisur aus grünrosa Blättern. Sie trug eine hellbeige Caprihose wie alle Pflanzenelfen, die ich bisher sah und eine Art Sweatshirt mit grünrosa Tupfen. Der Gummibaumelf trug zum Unterschied ein Sweatshirt mit grünbeigen Streifen und der Yuccapalmenelf hatte ein weisses Hemdchen als Oberteil getragen. Seine Haare waren wie die Blätter der Pflanze. Er hatte spitze Ohren und ein spitzes Näschen. Bis auf Haare und Ohren sah er aus wie ein ca. 5jähriges Kind, auch von der Größe, wenn sie sich kurz zeigen. Das zu meinen weiteren Mitbewohnern. Plötzlich wachte ich auf und sah mich selbst, wie ich immer kleiner und kleiner schrumpfte, mit weissem Hemdchen und beiger Caprihose. Das war ja interessant, ich schrumpfte nämlich auf Barbiegröße und verschwand in der Galathea Amaranthe. Plötzlich war mein Bewusstsein in dieser geschrumpften Elfengestalt und ich wirbelte irgendwie wie durch ein Zeitportal (nicht dass ich wüßte wie man durch ein Zeitportal wirbelt). Und plötzlich schoß ich durch den Gummibaumelf wieder heraus. Und wurde immer größer und größer. Plötzlich war ich wieder in Originalgröße, stand neben dem Gummibaumelf Philly und war nackt. Das war ja abgefahren. Ich konnte mich also von Pflanze zu Pflanze teleportieren. Wenn ich mich von dieser Pflanze in die andere teleportieren konnte, wäre dies vielleicht auch möglich, mich in eine Pflanze zu teleportieren, die sich auf den Fidschis befand. Oh, das eröffnete mir unendliche Möglichkeiten. Ich bräuchte ein Training mit den Elfen, die würden ja wohl wissen wie es geht. Elvis war begeistert! Die Tatsache, dass in Elvis ein Casanova wohnte, raubte meiner Nacktheit gerade etwas die Unbekümmertheit. Aber dieser Kater hatte mich ohnehin in den letzten Jahren schon mehr als nackt gesehen. Es war ohnehin schon egal...

Übrigens Elvis Vorname begründet sich auf seiner Verehrung für Rocklegende Elvis. Er hatte Kontakt mit dem Spirit des King. Er sah sich als der neue Elvis unter den Miezen. Er betitelte sich selbst als 'rocking, charming cat' und komponierte songs, richtige Katzenmusik. Die Miezen standen Schlange vor unserem Balkon. Tja, einmal ein Herzensbrecher immer ein Herzensbrecher. Er trug seit neuestem auch dieses Medaillon mit einem sonderbar grün changierenden Stein. Es sah etwas dekadent aus und ich bin sicher, er hat es aus der Elfenaservatenkammer für Artefakte mitgehen lassen. Falls die sowas haben, was ich glaube. Das Bäuchlein hatte er jedenfalls mit Elvis gemeinsam. Ich hab's immer gewusst - Elvis lebt. Eine supersüße schwarze Katze namens Delphi und ihre Tochter Panta resi Nofretete (Resi) kamen in letzter Zeit sehr oft zu Besuch. Eigentlich wohnten sie bei mir, denn ich gab ihnen jeden Tag zu essen. Und ich konnte sie manchmal verstehen. Ich hatte auch ein Tierkommunikationstraining bei meiner Freundin Ulli Schatz gemacht. Sie hatte eine Praxis in Dornbach, namens 'Ullittles'.

Wie Dr. Doolittle...ich wurde immer besser darin. Auf jeden Fall erzählte mir Delphi, sie sei eine Nachfahrin der ersten Orakelkatze zu Delphi, erkennbar an einem weissen Punkt auf der rechten Pfote. Und Resi war sehr oft die Musenkatze berühmter Künstler wie z.B. Leonardo da Vinci, Sokrates und sogar die Lieblingskatze von Cleopatra, die war allerdings total irre, wie sie mir verriet. Total schönheitsbesessen und größenwahnsinnig. Der arme Cäsar hatte den vollen Streß mit ihr, war er doch eher seinen Knaben zugetan. Cleo vernaschte täglich jedoch mindestens 6 Männer - an schlechten Tagen. Doch von Nofretete war sie hellauf begeistert. Sie war ihre liebste ägyptische Königin. Delphi konnte noch mit Nostradamus als ihren Mitbewohner aufwarten. Fand das Mittelalter für eine schwarze Katze wie sie aber nicht so erhebend und viele ihrer Freundinnen und Freunde fielen einem grillout am Scheiterhaufen zum Opfer. Das war eine düstere Zeit und ihre Haare standen gleich zu Berge, als sie es erzählte. Ich war fasziniert von den beiden Damen. Sie hatten beide so herrlich grüne Augen, die mich auch an jemanden erinnerten. Sie waren meergrünblau wie der tiefste Ozean mit gelben Sprenkeln wenn die Sonne darauftraf. Auch Elvis hatte diese Augenfarbe. Dieses süße verhexte Katzenbärchen. Das durfte ich gar nicht laut denken, denn gegen das Wort Bärchen war er etwas allergisch. Es hatte so einen 'leicht kastrierenden' Charakter wie er fand. Da hätte er gleich bei der Hexe bleiben können.

Meine kleine Freundin Resi bemerkte so nebenbei, dass auch Nofretete seinerzeit über Pflanzen teleportieren konnte. Man nannte es bei Elfen 'floreonauting". Sie hatte damals eine ähnlich Funktion inne wie ich, plauderte sie aus dem Miezenkästchen. Wenn sie so aufrecht dasaß, sah sie sehr ägyptisch aus. Sie hatte den schmalen edlen Kopf einer sehr königlichen Katze. Nofretete war eine faszinierende Person in der ägyptischen Geschichte. Sie war ihrem Mann Echnaton gleichgestellt. Sie mussten sich sehr geliebt haben. Man fand an einer Seite einer der Pyramiden in Amarna folgende Gravur :'Geliebte des Himmels, der Klang deiner Stimme lässt mich frohlocken.' Er machte sich nicht beliebt, als er den Glauben an nur einen Gott in Ägypten installieren wollte. Das erzeugte einen Riesenhass in der Priesterkaste. Was letztendlich dem Pharao und seiner Frau das Leben kostete. Ich hatte einen starken Bezug zu Ägypten. Es hatte mich immer fasziniert.

Elvis hatte natürlich in seiner Funktion als Interspecies Communicator die Elfen bereits von meiner Fähigkeit informiert. Und Lionel saß schon gemütlich auf der Couch und bat mich darum, den leckeren Schokopudding der am Tisch stand, fertig löffeln zu dürfen. 'Aber klar mein Lieber'. Ich holte die kleinen Zwergenlöffelchen und kippte den verbliebenen Rest des Puddings in ein kleines Moccahäferl (kleine Kaffeetasse auf wienerisch) mit Blümchen drauf. Ich liebte diesen Kitsch, am liebsten hatte ich überall Blümchen drauf mit Glitzerflitter noch dazu. Das kleine Häferl hatte genau die richtige Größe für Lionels Zwergenhändchen. Das kleine Besteck hatte ich aus einem Puppenladen. Lionel war heute ganz leger unterwegs. Er hatte zu einer stylisch grünen Bermuda im Milifairy-Look ein olivgrünes Hemd gewählt. Sowohl Hose als auch Hemd hatten diese Tarnfarbenschattierungen, allerdings in der Form von Blättern. Hawaiilook auf waldisch. Die hawaiianischen Elfen, die Menehune, hatten ja diesen Original Alohafairy-Look kreiert, mit den Blüten - ihr wisst schon. Elvis hatte auch wieder einen passenden Song zu Lionels Outfit:

"Yes my lovely temptressss
black is beautiful
also red
White and Blue
if it is you"

Ich krümmte mich vor Lachen.
Lionel schwärmte von einer hawaiianischen Elfe namens Ul'i - sie war eine Nachfahrin der Göttin Pelé und außerdem hatte sie atlantische Gene und kommunizierte mit den Delphinen. Sie war eine Hüterin der weiblichen Kraft des Feuers und ich glaube sie war eine braunrothaarige Feuergöttin. Sie beherrschte das Element Feuer ebenso wie das Element Wasser und ihre Surfkünste waren legendär. Sie war beim surfen der Regentropfen, der die Welle küßte. Vielleicht lernte sie mir surfen, wenn es mir gelang, mich in eine Palme auf Hawaii zu teleplanten. 'Ja, sie ist eine Wucht, die feurigste Elfe, die mir je begegnet ist, es sprühen immer Funken wenn sie erscheint', antwortete Lionel auf meine Gedanken. Diese Gedankenleserei nervte mich. 'Sorry', entschuldigte er sich und starrte sehnsüchtig auf das Bild, dass ich von Ul'i gemalt hatte. Sie hatte eine Krone aus Kristallen. In der Mitte ein Lavastein vom Mt. Pelé, ihrem Zuhause.

Sie hatte ihn als Geschenk für mich bei mir manifestiert, dazu ebenfalls einen speziellen Kristall mit einem Feuerwesen, der mir immerwährende Inspiration und Kreativität zum Schreiben und Malen garantieren sollte. Was gut funktionierte. Lionel erzählte mir noch, dass er Ul'i damit beeindruckte, dass er über Regenbögen reisen konnte. Da Hawaii ja das Land der Regenbögen ist, war Ul'i von dieser Fähigkeit natürlich hellauf begeistert. Er war mit ihr zum romantischen Dinner von Regenbogen zu Regenbogen gereist. Was für die Surferin ein Surferlebnis der anderen Art war. Es fühlt sich an, wie wenn du auf glitzernden Wattewolken reist, schwärmte der Hüter des Topfes mit Gold am Ende des Regenbogens. 'Nimmst du mich mit auf eine Regenbogenreise', bettelte ich Lionel an. 'Zuerst lernst du mal floreonauten', dämpfte der Zwerg meine Begeisterung. 'Können wir es 'plantsurfing' nennen, das finde ich um Eckhäuser cooler und zeitgemäßer', schlug ich Lionel vor. 'Von mir aus', gestattete es mir Lionel. 'Eine Fähigkeit, die offenbar durch deine Sitzung mit Jakob aktiviert wurde, da ist viel Energie freigeworden. Die Fähigkeit über Pflanzen zu reisen, war nur sehr mächtigen Schamanen vorbehalten. Unterschätze dich nicht, meine Teure. Im wahrsten Sinne des Wortes übrigens, ich habe deine

Spesenabrechnung vorliegen. Deine Ausgaben für Schuhwerk sind eklatant hoch', mummelte Lionel. Ja, ich hatte diese Rosenstilettos von einem teuren Designer erstanden. 'Die mussten sein Lionel, ich muss doch eure Zunft würdig repräsentieren', verteidigte ich diese Ausgabe. Es ärgerte Lionel, dass diese Designer die Megablüten abkassierten, während es sich eigentlich um Merlistes Inspirationen handelte. Aber diese eitlen Designerpfaue ließen sich auch noch bis zum Umfallen feiern. Doch immerhin gab es schon einige von Ihnen, die sich überlegten, Kleidung zu recyceln. Es wurde so unendlich viel Wasser verschwendet und so viele junge Frauen und Kinder unter erbärmlichen Arbeitsbedingungen ausgebeutet, dass hier bald der Donner einschlagen würde. Sie brauchten außerdem ein Warenlager von fairer Mode für Menschenfrauen-Elfhybride, das uferte ja aus. Als echter Zwerg war er der Knausrigkeit weit näher als Merliste oder liisa, die als Feen natürlich keinerlei Notwendigkeit einer Grenzkontrolle für eine Fülle an schönen Dingen sahen. Er bezeichnete sie manchmal als 'airyfairy'. Frauen mit Feengenen erkannte man oft daran, dass sie Männer mit Zwergengenen hatten, die über die Schätze verfügen, die sie wiederum ausgaben. Es ging immer um Balance. Es fallen euch sicher einige Beispiele ein....Aber Lionel dachte immer an die Schonung der Ressourcen, was natürlich sehr edel und sinnvoll war. Ich kaufe meine Kleidung deshalb nur noch Second Hand, mit ein paar Ausnahmen...Denn in der Natur ist es ein Sakrileg etwas zu verschwenden. Deshalb blieb auch vom Pudding niente übrig. 'Aber kommen wir zu dem floreonauting, äh plantsurfing. Das will gelernt sein. Du musst üben. Es gibt ein paar Regeln, die du immer beachten solltest, sonst könnte es Probleme geben. Am besten übst du erst mal, dich im selben Raum von einer Pflanze in die andere zu surfen. Dann von Zimmer zu Terrasse, usw.. Reisen an einen anderen Ort bzw. in ein anderes Land benötigt einige Übung. Ganz zu schweigen von Reisen in eine andere Zeit. Da braucht es eine extra Schulung unserer Floreo-Temponauten. Das sind die Zeitreiseexperten der Elben', erklärte er mir. Lionel bezeichnete die Elfen gerne als Elben, denn so hießen sie von Anbeginn der Zeiten. Es gab eine Niederlassung der Elfen in Italien, wo diese Experten zu Hause waren. Sie nannten ihre Niederlassung 'Stadt des Falken'. Viele Bewohner hatten Elfengene und jeder, der dort lebte hatte einen Pflanzen- und einen Tiernamen, das ganze auf Italienisch. Oh, ich würde Edelweiß Katze heissen wollen, das hieß dann Stellare alpina Feline. Oh, das war

süß. Die Menschen hat lustige Namenskombinationen. So hieß jemand z.B. Orango Miso, also Orang Utan und Miso, ob er sich wohl wie ein Primat aufführte?
Er ist Leiter des Heilzentrums und ehrwürdiges Mitglied der LPA und ich mochte Orango sehr gerne. Verletzte Hybride schicken die Elfen entweder zu Orango oder zu Jakob, wie ich erfuhr. Alle Niederlassungen der LPA befanden sich an wichtigen geomantischen Punkten. D.h. die Energie bzw. Stimmung und Ideen, die an solchen Orten produziert wurden, hatten Auswirkungen auf den gesamten Planeten. Deshalb standen die großen Kathedralen wie z.B. der Petersdom, der Louvre, Chartres und auch der Wiener Stephansdom auf einer Kraftlinie. Eine wichtige Linie führte durch England, nämlich Glastonbury, Avebury und Stonehenge, die sogenannte Michaelslinie. Wer die Kraftpunkte kontrolliert, kontrolliert die Welt. Deshalb hatten die Staccarsi immer versucht, ihre Hauptquartiere an solchen Orten zu platzieren. Außerdem versuchten sie, die Leylines durchzuschneiden und umzuleiten. Auch durch den Bau von Autobahnen mitten durch ein Naturschutzgebiet, etc. wurden wichtige Kreuzungspunkte durchgeschnitten. Das einzige Land, wo man die Rechte der Elfen noch respektierte war Island. Dort hatte

man sogar extra Beauftragte, die mit den Naturwesen verhandelten, bevor es zum Bau einer Autobahn oder neuen Straße kam. Man baute sogar um Elfenhäuser herum. Es gab eigene Landkarten von den Behausungen des Huldifolks, der kleinen Leute, den Little People. Lionel war hellauf begeistert. Island war das Herzeigeland für Elfenintegration bzw. Menschenintegration, denn eigentlich gehörte das Land den Elfen und Zwergen.
'Doch zurück zu deinen plantsurfing Techniken', hatte Lionel den Begriff schon übernommen. Elfen mussten halt auch mit der Zeit gehen, wobei mir Lionel erklärt hatte, dass Zeit nur in dieser Dichte hier in dieser Form existierte. Vergangenheit, Gegenwart und Zukunft spielten sich gleichzeitig ab. 'Du kannst mittels einer bestimmten Formel, die du auswendig lernen musst, auch in geschrumpfter Form bleiben und deine Größe steuern. Denn in Barbiegröße ist man erheblich unauffälliger als wenn man plötzlich in Normalgröße aus einer Pflanze herauswächst, zumal man nie weiß, ob Menschen in der Nähe sind. Deshalb empfehle ich immer in Feengröße zu surfen. Da dir dann deine Kleider nicht passen und du vielleicht nicht nackt ermitteln möchtest, empfehle ich dir, kleine Kleidung bei dir zu haben', so mein Zwergeninstruktor. Er übergab mir feierlich

eine Barbiereisetasche, als ob sich das Goldene Vlies drinnen befand. Ich starrte ihn entgeistert an! Das war nicht sein Ernst...'doch, die Größen passen perfekt, auch die Kleidung die ich eingepackt habe passt dir dann. Wer hat glaubst du die Idee von Barbie geboren', meinte er es todernst. Ich guckte in die Barbietasche und zog ein kurzes pinkes Minikleid mit silber Glitzersteinchen und Cutouts heraus. 'Bin ich jetzt Elfenbarbarella', hielt ich das Teil belustigt vor Lionel. Und rosa Stiefelchen hatte er mir auch eingepackt! Es lebe die Emanzipation...treffe ich dann auch auf Ken? fragte ich scheinheilig...'durchaus möglich, es gibt natürlich auch männliche plantsurfer! Einige berühmte Künstler und Musiker waren plantsurfer, du würdest nicht glauben wer....Er summte eine liebliche Melodie, nämlich Frank Sinatras '...fairy tales may come true, it can happen to you, if you are young at heart'. Wenn du diese Melodie summst, es reicht wenn du sie geistig summst, dann tauchst du in Feensize wieder aus der Pflanze auf'. Er hatte sich schon der modernen Sprache bedient, obwohl es aus seinem Mund etwas bizarr klang...wenn du diese Melodie summst, dann wächst du wieder zu Menschengröße. Und er summte '...under the rainbow' - was sonst. Verwechsle es nicht. Das einzige

Problem, das wir noch nicht gelöst haben, ist, dass du keine Kleidung mehr an dir trägst, wenn du in bigsize erscheinst. Deshalb surfen wir immer klein und bleiben meist klein. Außer du plantsurfst dich nach Hause, dann ist es egal, abgesehen von dem ruchlosen Kater in deiner Wohnung, der dich erwartet. Sollte er je wieder in Originalgröße auftauchen, dann hat er dich nackt gesehen'. 'Oh Lionel, er hatte schon einiges anderes gesehen', ich wusste ja dazumal noch nicht, dass er ein verhexter Eros war. 'Aber bitte übe erst mal, dich maximal von Zimmer zu Zimmer zu plantsurfen, dann auf deinen Balkon', bat mich Lionel eindringlich. 'Ok, und wie leite ich überhaupt den Schrumpfvorgang ein, es passierte ja im Schlaf'? interessierte ich mich für dieses nicht unerhebliche Detail...'ach ja, beinahe hätte ich es vergessen: hier ist dein Floreonautenpass äh Plantsurfingpass', zeigte mir Lionel den Chip. Witzig, die hatten einen Pass für Pflanzenreisen. Es war allerdings eine kleine grüne Chipkarte, die glitzerte. Es war eine Zahl aufgedruckt, nämlich die Zahl 144.000. Was bedeutet denn die Zahl? fragte ich. Du bist die Nr. 144.000 der Plantsurfer und auch die letzte die diesen Pass erhalten wird. Ups, das klang ja dramatisch. Wieso die letzte? Weil es die letzte Chance der Menschheit ist, das Ruder herumzureißen und das 7. Siegel bereits geöffnet ist. Diese 144.000 kamen hierher auf diesen Planeten, um zu dienen. In der Dichte des Planeten hier, mit all seinen Emotionen und dem Aspekt der physischen Vereinigung zwischen Mann und Frau, haben leider viele dieser Seelen ihren Pass gar nicht abgeholt. Wir haben die Umstände hier unterschätzt. Deshalb haben wir unter anderem auch ein Netzwerk bauen lassen, daß diese Menschen miteinander verbindet und die Fähigkeiten und Ressourcen findet. Du meinst unser Socialnetwork? war ich fassungslos. 'Ja, da brauchen wir noch eine extra Funktionalität. Doch mehr dazu wenn es soweit ist. Du hältst den Pass, mit diesem Kristallsymbol auf ein Blatt der Pflanze mit der du reisen willst. Sie dient wie ein Schlüssel, das Blatt ist das Portal. Dann sprichst du im besten Fall die Koordinaten deiner Zielpflanze ein. Wir haben eine Liste von Floreoplants in den einzelnen Ländern, die stehen in unseren jeweiligen Büros. Das ist der Idealfall. Wenn du dich schnell plantoportieren äh plantsurfen musst, dann sagst du 'nächste mögliche Pflanze. Das Navi sucht dir günstige Surfplants in der Nähe. Wir haben ein Netzwerk davon. Die Pflanzen brauchen eine robuste Natur, da die Portalfunktion ziemlich viel Energie verbraucht. Jetzt müssen wir unseren Plan umsetzen und Henry die Steine entwenden. Du darfst diesen Portschlüssel auf keinen Fall verlieren. Am besten chipen wir ihn dir in die Handinnenfläche und du hältst sie gegen das Blatt', so Lionel. 'Ih chipen, wie RFID - ihr löscht mich dann aus, wenn ich nicht spure', merkte ich an. 'Nein Caty, aber in diesem Fall ist es sinnvoll. Es bringt auch deine Frequenz auf 8 Hertz, das ist Erdschwingung. Dein Energielevel würde sich erhöhen und du wärst auch immun gegen die von HAARP verursachten Niederfreqenzen und Umwelteinflüsse negativer Art. Dein Elfengen würde voll aktiviert werden, aber du kannst ihn dir auch umhängen, deine Entscheidung'. Klang ja durchaus vernünftig, ich konnte den Elfen wohl vertrauen und ich war bestimmt sicherer wenn ich ortbar war. Groogle ortete mich schließlich auch ständig....'ok, dann injiziere ihn mir. Er nahm meine Hand, legte mir den Chip hinein, drückte die Hand zusammen und weg war der Chip. Hat gar nicht gepiekst. Ich fühlte gleich eine Welle der Energie durch meinen Körper fließen. Offizielles Plantsurfingmitglied Nr. 144.000. Übrigens es gibt ja diese These von 144.000 Auserwählten in der Bibel. Die gibt es nicht, alle sind auserwählt, merkte Lionel trocken an, bevor ich mich schon in Neos Fußstapfen wähnte. 'Es heißt nur, dass 144.000 einen härteren Job haben bzw. hätten, wären viele von ihnen nicht in den Sumpf von Geld, Macht & Sex versunken. Es ist wie Treibsand, zuviel von dieser Kombi und die Seele steckt fest - Trio infernal. Nur eine von rund 100 Seelen schafft es, das zu Lernen, wofür sie hierher kam, so der weise Zwerg. Wir haben nichts gegen Spaß, aber das Maß wurde vollends überschritten und wir wollen keine atlantischen Zustände mehr. Da geriet alles vollends aus dem Ruder, die hatten es soweit getrieben, dass sie sich riesige Geschlechtsorgane von Tieren transplantierten, um den Genuss zu erhöhen. Das konnte die Föderation der 24 Zivilisationen nicht länger dulden. Ein Jammerspiel, Neustart Planet Erde, dieser Fehler geht sich nicht mehr aus....', war Lionel nach Jahrhunderten immer noch entrüstet. Wobei das Wort ent-rüstet interessant war, die Welt sollte sich ent-rüsten anstatt auf-zurüsten, kam mir dazu in den Sinn. Ich hatte dazu noch mindestens tausend Fragen, die wohl mal wieder unbeantwortet blieben.

Agent 00Sex

Ich fühlte mich jedenfalls fantastisch als gechiptes Hündchen (ich lehne jedoch die Idee von RFID-Chipping strikt ab!)...dennoch war ich etwas aufgeregt, was die bevorstehende Aktion mit Henry betraf. Es war ja mein erster Einsatz als Agent 9elf...und davon hing gleich mal was ab...

Ich würde mich jetzt mal nett kleiden und wählte ein sexy dekadentes brokatartiges Dessousset in sonnengelb mit cremefarbener Spitze. Darüber eine cremefarbene Seidenbluse, die den BH leicht erahnen ließ. Dazu einen kurzen nudefarbenen Satinrock in Wickeloptik und beige Rauhlederpumps in 9 cm. Leider nicht von Manolo... wobei die extrem spitzen Schuhe nicht für mich geeignet wären, da mein zweiter Zeh länger als der große Zeh ist. Da brauchte ich den Notarzt. Nicht zu hoch fand ich, damit bestieg ich sogar den Mount Kailash, wenn es keine anderen Schuhe gab. Ich wollte ja so aussehen, als ob ich aus dem Büro kam, in der Nähe war und einen kleinen Abstecher gemacht hatte. Eine größere beige Tasche aus einem recycleden lederartigen Material war das geeignete Accessoire, um auch Boss Lionel unterzubringen. Einen Strumpfhalter mit einer Waffe hatte ich allerdings nicht. Ich hätte mir wohl ohnehin versehentlich einen Zeh weggeschossen. Wie hatte es Toni Krachkörndl bezeichnet? Er würde mir keine Waffe empfehlen, da die Gefahr der Selbstverletzung höher war als der Nutzen. Ja, ja,...ich borge mir eine Veilchenpistole der Violet Pistols und verpasse ihm ein Veilchentattoo aufs Auge...ich könnte auch ein bisschen plantsurfen und ihn erschrecken, das erheiterte mich gleich wieder...

'Gut, pack mas, wie man auf gut wienerisch sagt', gab ich Lionel den Startbefehl, in meine Tasche zu schlüpfen. Elvis wollte mich noch einmal drücken, falls es das letzte Mal sei, meinte er melodramatisch. Und wisse, dass ich dich geliebt habe, legte er noch eins drauf. Na toll... Ich dich auch, mein Schmusebärchen, sagte ich und drückte und knuddelte ihn noch einmal ganz fest. Wie antwortete John McClane alias Bruce Willis in 'Stirb langsam 4' so schön passend, als ihn der junge Hacker fragte, warum machst du das eigentlich? Weil ich es kann...in diesem Modus schnappte ich die gefüllte Zwergentasche und stieg in mein Cabriolet. Und setzte noch meine dunkle schwarze Sonnenbrille auf. Ich war ja schließlich in geheimer Mission unterwegs. Ich stellte die Tasche im Auto auf den Boden, denn ich konnte ja schlecht die Tasche anschnallen. Los gings, der Verkehr war nicht so schlimm. Ich rauschte die Hernalser Hauptstraße im Flug hinunter und war ganz schnell beim Schottentor. Ich parkte mich in der Garage bei der Freyung ein. Ich betrat das Hyatt und ging zur Rezeption, wo ich den Schlüssel für die Penthousesuite abholte. Das hatte Lionel irgendwie arrangiert. Der Consierge gab mir ohne mit der Wimper zu zucken den Schlüssel. Das Penthouse hatte einen richtigen edlen Schlüssel, die anderen Zimmer hatten Chipkarten. Mit einem leichten Magengeschwür fuhr ich den Lift aufwärts. 'Ruhig Blut, das schaffen wir schon', wollte mich Lionel beruhigen. Doch der Spruch 'das schaffen wir schon' hatte in letzter Zeit einen etwas schalen Beigeschmack bekommen. Oben angelangt, öffnete ich das Apartment. Keiner da, gut. Was jetzt Lionel? 'Am besten setzt du dich lasziv auf die Couch und wartest bis er kommt. Du wirst ihn ablenken und ich tausche die Smaragde aus!' Ok, klang ja supersimpel. Ich platzierte mich höchst dekorativ auf der schmucken Samtcouch und knöpfte noch einen Knopf auf meiner Bluse auf und wartete...

Jetzt hörte ich jemanden den Schlüssel umdrehen. Mir rutschte das Herz in die Hose. Lionel war bereits unsichtbar.

Als Henry das Wohnzimmer betrat und mich sah, erstarrte er förmlich und ein trauriger Ausdruck erschien in seinen Augen, aber nur für einen kurzen Moment. Dann begrüßte er mich überschwänglich. 'Surprise, mon cher, surprise'. Er stellte seinen Aktenkoffer auf einen der Barhocker und öffnete ihn auch noch. Besser gings ja nicht. Er kam auf mich zu und küßte mich leidenschaftlich und trug mich gleich ins Schlafzimmer. Wir haben nicht mehr lange Zeit, meine Schöne...perfekt. Oh, die kurze Zeit würde für Lionel reichen. Ich begann mich wieder zu entspannen und Henry vermochte es wieder, dieses Feuer in mir zu entfachen. Oh, du riechst anders mon cher, so durch und durch blumig...und ich hatte Angst, dass mein Hals ein Knutschfleck zierte. Dein Duft macht mich verrückt, Cherie, hauchte er mir ins Ohr. Du machst mich verrückt, oh ja...ich tat meine verdammte Agentinnenpflicht und dieser Chip machte mich zu einem sexuellen Extasemonster. Mein Gott, hatte ich jemals solch einen Orgasmus erlebt? Ich hoffte, dass Lionel schon längst weg war, das wäre mir etwas peinlich...Warum musste es schon zu Ende sein, mein Gott, es könnte wirklich das letzte Mal sein, dass mir Henry diese Wonnen bereitete, wenn er nämlich merkte, dass die Steine ausgetauscht waren.....so mein Schatz, du musst jetzt leider gehen, ich habe noch einen wichtigen Gast, sagte Henry. Es fiel mir schwer, mich von ihm zu lösen und ihm offensichtlich auch. Er schenkte mir noch einen tiefen, nachdenklichen und wehmütigen Blick aus seinen Blauaugen, der mir nahezu ein schlechtes Gewissen bereitete. Aber nur beinahe. Ich schlüpfte in meine Dessous, es hatte sich ausgezahlt...und in meine restliche Kleidung. Ich gab ihm noch einen Kuss, einen Abschiedskuss wie ich meinte. Schnappte meine Tasche und rannte förmlich aus dem Apartment.

Als ich vor dem Lift stand, trat ein Mann heraus, der durchaus als imposant zu bezeichnen war. Mindestens 1,85 groß, toller Anzug, schwarzes gewelltes Haar, hellbrauner Teint und dann sah ich in seine Augen. Mir wurde fast übel. Es waren die kältesten braunen Augen in die ich jemals geblickt hatte. Sie waren gnadenlos und nahezu hasserfüllt. Er sah orientalisch aus, das konnte nur Omar abdel Verrad sein. Er würde mich ohne mit der Wimper zu zucken kaltmachen. Ich zauberte ein verkrampftes Lächeln auf meine Lippen und stieg in den Lift. Es gab kaum einen Moment in meinem Leben, indem ich nicht glücklicher gewesen war, als die Lifttüre sich schloss und der Lift endlich abwärts fuhr. Puh, geschafft, diese kalten Mörderaugen verfolgten mich noch und meine Haare standen zu Berge. Er hatte mir einen sonderbaren Blick zugeworfen und er hatte die Nasenflügel eingezogen, als ob ihm mein Geruch unerträglich war. Armer Henry, wenn das deine Partner waren....

Als Caty das Zimmer verlassen hatte, rannte Henry zu seinem Koffer und sah in die Schatulle mit den Smaragden. Sie waren noch drin im Original, keiner hatte sie geklaut oder ausgetauscht. Er hätte die Fälschung der Fälschung sofort erkannt. Ihm fiel ein Stein vom Herzen. Er hatte wirklich gedacht, dass seine Catherine ihn betrügen würde. Einzig ihr Duft hatte ihn etwas irritiert, sie roch so blumig. Nur Elfen rochen so blumig oder war es ihr blumiges Parfum? Er musste sie trotzdem näher unter die Lupe nehmen. Er holte die echten Smaragde aus dem Safe und gab sie in die Schatulle. So, seine Vorsichtsmaßnahmen waren unnötig gewesen. Er musste noch schnell in seine Kleidung schlüpfen, Omar konnte jeden Moment hier sein. Ein paar Momente später klopfte es auch schon an der Tür und Omar trat ein. Er verlor wie immer nicht allzu viele Worte. Er fragte allerdings: wer war die Frau?

Nur ein Callgirl, antwortete Henry. Er wollte auf keinen Fall, dass Omar etwas merkte oder überprüfte. Er würde Catherine gnadenlos umbringen und es würde kein schöner Tod sein. Das würde er niemals zulassen. Sie roch irgendwie eigenartig, merkte Omar an. Ein bisschen zuviel von dem Blümchenparfum, zerstreute Henry Omars Anmerkung. Er wusste sehr wohl, worauf Omar anspielte. Omar kannte den Geruch von Elfen nur zu gut. Eine ägyptische Elfe namens Nefertari, was bedeutete 'die, für die die Sonne aufgeht' hatte ihm einst sein Herz gestohlen. Dafür hatte er ihr damals die zwei Smaragde gestohlen. Sie war deren Wächterin und von diesem Moment an blind. Schwer vorstellbar, aber er hatte sich auch für seine dunkle Berufung entschieden. Seither hatte er ein Herz aus purem Eis und er hasste Elfen oder Menschen mit Elfenblut. Sowenig er mit Omar gemein hatte, in dieser Hinsicht waren sie Brüder im Schmerze. Er gab ihm die Schatulle mit dem Smaragden.. Ich hoffe es sind die echten, sagte Omar in eiskaltem Tonfall. Ja, es sind die echten, antwortete Henry süffisant. Gut, die Zeremonie findet morgen Abend zur Sonnwende im Tempel statt. Ich werde dort sein, merkte Henry an. Natürlich, er war der Großmeister und er würde die Zeremonie durchführen. Wenn das passiert war, konnte er sich voll und ganz Catherine widmen. Oh, sie war ein Prachtweib, eine Göttin und sie hatte eine Grotte aus Samt und Seide. Man tauchte ab in einen tiefen Ozean der Gefühle und man musste aufpassen, dass man daraus wieder auftauchte. Denn ihre Sinnlichkeit hatte etwas Sirenenhaftes und die Sirenen hatten bekanntlich einige Seefahrer mit ihrem verlockendem Gesang in den Abgrund geführt. Sie hatte auch damals schon seine Sinne total vernebelt und ihr Nektar führte zu einer richtigen Abhängigkeit. So unwiderstehlich...er genehmigte sich einen alten Bourbon und war wieder zufrieden und erleichtert.

Omar abdel Verrad.

Omar verließ mit den Smaragden das Hotel. Er hoffte, es würde keine bösen Überraschungen geben. Diesem Elfenpack war nicht zu trauen und sie waren schlau. Er war einmal auf eine hereingefallen. Nefertari war ihr Name. Damals war er Priester im Alten Ägypten. Sie war eine wunderschöne Ägyptische Königin und die beiden hatten sich ineinander verliebt. Das war das einzige Mal, dass Omar liebte. Sie war so frei und so fröhlich. Wie sich herausstellte, war sie auch seine Erzfeindin. Sie arbeitete für die Elfen. Das Schlimmste daran war, dass sie auch noch eine von ihnen war. Sie war sogar die Wächterin der Smaragde der Göttin Bastet. Als Omar das herausfand, musste er sich entscheiden. Er entschied sich für die Macht, seine Familie hätte ihn ohnehin getötet, wenn er sich mit dieser Frau eingelassen hätte. Er bedauerte es nur für einen Moment. Er nutzte ihre Liebe zu ihm und stahl die Smaragde. Er würde nie den letzten Blick aus ihren sehenden Augen vergessen. Danach war sie blind. Seine Familie war stolz auf ihn. Die abdel Verrads waren ein sehr mächtiger saudischer Klan, der seit vielen Jahrhunderten Terror säte, wo er nur konnte. Sie wussten, dass alle Macht in

Wahrheit von den Frauen kam. Deshalb trichterten sie den kleinen Mädchen und Jungen schon in frühester Kindheit ein, dass Frauen wertlos waren, Bildung wurde verboten. Und dass sie sich verhüllen mussten, ja nur um sie unter Kontrolle und klein zu halten. Aus dem weiblichen Schoß entstand das Leben. Sie trickten es so, dass sie dies alles sogar in ihr heiliges Buch schrieben, obwohl es niemals drinnen stand. Omar hatte wirklich mieses Karma. In Europa waren die Frauen zu frei. Seine Anhänger würden sich niemals hier integrieren, diese naiven Europäer glaubten wirklich, dass das möglich wäre. Sie waren nur hier, um ihren eigenen Staat zu errichten. Nur eine massive Bewusstseinsrevolution konnte seine Anhänger umdrehen. Doch die war nicht in Sicht. Solange es Produzenten von Waffen gab, waren die abdel Verrads im Geschäft. Und solange Europa und die Supermächte seine Kämpfer schön brav damit versorgten, war alles in Butter. Seine Leute saßen in den wichtigsten Schlüsselpositionen in der AU. Sie hatten ihr Netzwerk in Jahrhunderten aufgebaut.

Diverse Handelsabkommen würden sie auch noch irgendwie durchbringen, dann gab es Zombiefraß. Ein Hintertürchen gab es immer. Dann konnten sie den Markt mit Monsterantos vergifteten Klonprodukten überschwemmen. In der Nahrung war nicht mehr der geringste Biophotonenanteil enthalten. Sie konnten gottseidank noch rechtzeitig diesen Wissenschaftler, der das messen konnte aus dem Verkehr ziehen, wie hieß er doch gleich - Popp oder so...Omar war zufrieden, gerade hatten seine Handlanger Wasserquellen in Afrika gekauft. Sollten die Einheimischen doch verseuchtes Wasser trinken, Hauptsache sie machten Profit. Sie hatten auch in den Handies spezielle Chips eingebaut, die komplett abhängig machten. Sie funktionierten hervorragend wie er sah, jeder starrte ständig auf sein Handy. Außerdem konnte jeder abgehört und geortet werden. Er lachte sich krumm über Datenschutz und so. Das Ziel der Staccarsi war es, Leben zu vernichten. Die Macht und Kontrolle einiger wenigen Auserwählten. Er war einer von ihnen. Sie waren die Herrscher und die Krieger. Die Frau war Gebärmaschine oder Sexsklavin. Gefiel ihm eine, kaufte er sie ihrer Familie oder ihrem Mann ab. Waren diese nicht einverstanden, verschwanden sie spurlos...sie waren so entbehrlich und austauschbar, Spielzeuge. Die Knechtschaft der Frau war ein wichtiges Puzzle. Die Grundvoraussetzung für Terror. Omar war nicht dumm, er wusste was Sache war. Sie waren der Schlüssel. Erkannten die Frauen, wer sie wirklich waren, dann war es vorbei mit Krieg und Elend. Dann gewann vielleicht noch die Liebe und das Mitgefühl die Oberhand. Omar schüttelte sich vor Abscheu. Es machte ihn fertig hier mitansehen zu müssen, wie sie am Steuer von Autos saßen, sogar von Sportwagen. Das wäre der Anfang vom Ende. Deshalb musste diese Zeremonie über die Bühne gehen. Er dachte noch kurz an diese Frau im Lift, die aus Rothmans Zimmer kam, sie roch nach Elfenschlampe. So dumm konnte Henry doch nicht sein...er würde sie überprüfen. Er hielt Henry nämlich für einen verwöhnten Vollidioten.

Geschafft!

Ich schüttelte die gräuliche Energie dieses Omars ab und stapfte rasch zu meinem Auto. Ich zitterte etwas. Dort saß auch schon Lionel auf dem Beifahrersitz. Ich habe Omar getroffen, schnappte ich nach Luft...ich hoffe, du hast ihm nicht in die Augen gesehen, er hat den bösen Blick, informierte mich Lionel erst jetzt. 'Na toll, zu spät, verflucht' schrie ich entsetzt! Lionel murmelte einen Zauberspruch. ‚So, alles wieder in Ordnung', meinte er. Ich fühlte mich auch gleich besser. Und, hast du die Steine? fragte ich aufgeregt. Es wäre beinahe schiefgegangen, sagte er. Henry hatte die Steine bereits durch Fälschungen ersetzt. Er muss etwas geahnt haben. Ich habe den Mistkerl unterschätzt, schwappten die Worte aus dem kleinen Wesen. Du liebe Zeit, hast du sie jetzt oder nicht? schrillte ich panisch. 'Beruhige dich. Ich bin ja ein schlauer Zwerg. Als du weg warst, ist er sofort zu den Smaragden gestürmt und hat nachgesehen, ob noch dieselben drin sind. Ich habe die Fälschungen natürlich bemerkt, denn er hat keinen Codezauber darüber gelegt. Der suggeriert eine bestimmte Zeit, dass es die echten sind, weil diese einen speziellen Code eingraviert haben. Deshalb habe ich gewartet, bis er die richtigen Steine aus dem Safe holte und in die Schatulle legte. Nachdem er das getan hatte, musste er sich schnell umziehen und auf diesen Moment hatte ich gewartet. Ich tauschte die Steine aus und legte die Fälschung in die Schatulle. Ich habe die Smaragde mit dem Codezauber belegt, den nur wir Elfen haben, denn die Smaragde sind ja in unserem Besitz ursprünglich. Dieser Zauber wird genau 27 Stunden anhalten. Dann werden sie merken, dass sie die falschen haben. Dann wird es aber zu spät sein, weil kurz darauf die Zeremonie stattfinden muss. In der Zwischenzeit werden wir die echten Smaragde in die Augen der Bastet zurückgeben', gab mir Lionel der Große seinen Zwischenbericht. Ich drückte ihn fest. Aua. Darf ich sie mal sehen? Bitte. Bitte? 'Gut, nur kurz, ich muss sie in Sicherheit bringen'. Er öffnete die Schatulle, die ein Drittel seiner Größe hatte und ich sah die wunderschönsten und größten Smaragde, die ich je gesehen hatte. Als ich sie ansah, durchzuckte mich eine Welle. Irgendetwas war gerade mit mir passiert. Meine Wirbelsäule fühlte sich plötzlich so leicht an und ich nahm meine Umgebung etwas schärfer wahr, kam mir vor. Da schloss Lionel die Schatulle und verabschiedete sich mit den Worten 'wir fliegen morgen samt Elvis und den beiden anderen Katzen Delphi und Resi nach Ägypten', pack deine Reisetasche und buche einen Morgenflug. Du buchst am besten zwei Plätze, Jakob fliegt auch mit. Zu Befehl. Flugs war er weg.

Ich fuhr nachdenklich nach Hause. Henry hatte mir also nicht vertraut. Das schmerzte, allerdings hatte er ja einen guten Grund gehabt. Ich atmete tief durch, mein Zittern hatte sich gelegt und ich sah plötzlich so scharf wie ein Falke, eigenartig. Ich fuhr an einer Allee von Bäumen mit rosa kirschblütenartigen Blüten, direkt vor dem Kongresspark vorbei. Ich liebte diese rosa blühende Allee. Am Boden lagen viele Blüten. Als ob die Sylphen der Luft mir eine Freude machen wollten, fuhr ich plötzlich durch einen Teppich aus rosa Blüten. Mein Gott war das schön. Wie bei einer Hochzeit, es rieselte rosa Blüten auf mich. Oh danke, ihr lieben Sylphen, bedankte ich mich verzückt bei den Luftwesen. Mein Cabrio war von rosa Blüten übersät. Sie waren auch in meinen Haaren. So beblütet parkte ich bei mir zu Hause ein und Elvis G. kam mir schon entgegen.
Ich drückte ihn zärtlich und wir waren beide erleichtert. Jetzt ließ die Anspannung etwas nach und ich zitterte nochmals am ganzen Körper. Ich entledigte mich meiner Kleider, zupfte Blüten aus meinem Haar und ab gings

unter die Dusche. Ah herrlich, das warme Wasser prasselte über meine Haut und es war mir als ob meine Haut glatter geworden war. Ich hatte einen speziellen Duschkopf - pfui nicht was ihr denkt - er war in den Maßen des goldenen Schnitts konstruiert und das Wasser kam nicht gerade heraus, sondern floss wie die DNA-Spirale heraus, das energetisierte das Wasser. Was natürlich gut für den Organismus war, außerdem hatte ich einen Blume-des-Lebens-Kleber an der Decke der Dusche kleben. Was ebenfalls ein energiespendendes Symbol ist. Ich hatte mich ja jahrelang auch intensiv mit Geomantie und Feng Shui beschäftigt, deshalb war meine Zuhause natürlich 'gefengshuit'. Böse Zungen, die mich nur oberflächlich kennen, bezeichnen mich als voll Eso. Wenn die wüßten...ich schrieb auch noch Programme für das wood-web, von wegen Blondie...Die Dusche tat unendlich gut. Die Anspannung hatte ich ja schon zum größten Teil weggev.., stop weggeliebt. Wir mussten vorsichtig sein wie die Haftelmacher (wienerisch: sehr vorsichtig). Oh geliebter Feind. Ich zog meinen veilchenblauen Satinbademantel über - ich fühle mich damit mindestens so glamourös wie Ava Gardner - und schnappte mir das Handy, um beim Reisebüro meines Vertrauens den Flug samt Miezenplatz zu buchen. Ich hatte ein

Guthaben auf meiner Prepaidkarte, die mir Lionel für Spesen aufgeladen hatte. Es war leider nur eine Prepaid, weil Lionel wie er behauptete, zuerst mal mein Ausgabeverhalten beobachten wollte. Das war ganz einfach, alles was drauf ist, wird so schnell wie möglich ausgegeben. Es lebe der Überfluss ! Diese Einstellung hatte mir schon oft Diskussionen mit meiner Bank eingebracht, obwohl die ständig mit Geld zockten, das sie gar nicht hatten.

Reisevorbereitungen.

Ich schickte Robin Holzer noch eine SMS, dass ich mal drei Tage eine Pause brauchte, damit er sich keine Sorgen machte. Ich hoffte, dass ich überhaupt wieder zurückkam. Es würde ihm das Herz brechen, wenn mir etwas passieren würde, das konnte ich ihm nicht antun. Er wünschte mir gute Erholung!!! Ein guter Witz...

Gottseidank hatte ich drei Katzentransportkörbe. Die Miezengang wusste natürlich schon über alles Bescheid. Keiner äußerte sich über meinen 006artigen Umgang mit meinem 'Widersacher'. Die Tickets kamen schon online, ich hatte die fußfreien Plätze wegen der Katzenboxen. Jakob konnte eine Katze tragen. Ich würde ihn von seinem Apartment in der Schlachthausgasse abholen, wenn wir zum Flughafen fuhren. Es beruhigte mich irgendwie sehr, dass er dabei war. Wieso wir die Katzentruppe mitnahmen fragte ich gleichmal nicht, schließlich gings ja um eine Katzengöttin. Und dass diese drei irgendwie 'normal' waren, hatte ich sowieso nie angenommen. Ich packte meinen kleinen Koffer, der noch als Handgepäck durchging. In Ägypten war es sicher sehr heiß. Ich hatte ein tolles weisses Hängerkleidchen mit einem blaugoldenen Ausschnittteil, das musste mit. Es wäre natürlich interessant gewesen Ägypten mittels plantsurfing zu bereisen, doch ich hatte noch nicht mal bis auf den Balkon geübt. Die Fächerpalme auf der Terrasse war schon sehr aufgeregt über den Umstand, dass ihr Plantsurfingportal aktiviert werden würde. Ich hatte plötzlich Appetit auf Fisch und Minze, sehr sonderbar. Ich fühlte mich so beweglich, ich hatte glaube ich erstmals keinerlei Beschwerden an meiner Wirbelsäule. Mein lieber Freund Dr. Michael 'the wave' McBright, der mich regelmäßig zur Gänze einrenkte, würde sich wundern, wenn er das nächste Mal in Wien war. Ich hatte jetzt die ultimative ekstatische Wellenwirbelsäule. Denn wenn die Wirbelsäule frei von Blockaden war, machte der Körper reflexartig eine Wellenbewegung, genannt 'the wave'.

Ich bin eigentlich Vegetarierin, deshalb war der Appetit auf Fisch sehr sonderbar. Was mich am meisten fertigmachte, war die Grausamkeit gegenüber Tieren, die die Menschen nicht gerade als humane Wesen auszeichnete. Die Erde war einerseits ein Paradies und gleichzeitig eine Hölle für unschuldige Lebewesen.

Irgendwie fand ich mein neues Leben aufregend und mein erstes Abenteuer schien ja gut zu laufen. Wenn man von dem Umstand mal absah, dass ich eine Liason Fatale hatte...und ich glaube ich war sexuell von Henry abhängig, ich hatte schon wieder Lust auf ihn. Da rief er mich auch schon an! ‚Mon cher, ich muss morgen für ein paar Tage geschäftlich verreisen, aber wenn ich zurück bin, werde ich mich ganz dir ganz widmen, mon cherie. Wir werden das Bett nicht mehr verlassen', säuselte er mit diesem sexy französisch deutschen Akzent ins Telefon. Oh ja, ich freue mich schon darauf, mein Lieber! säuselte ich zurück. Bis bald! Da war ich neugierig, er würde sich sicher ganz mir widmen, wenn er herausfand, dass ich eine Agentin des Erzfeindes bin. Aber vielleicht konnte ich es ja vertuschen. Ich wollte seinen gesamten Körper ablecken. Oh mein Gott was war nur mit mir los, mutierte ich jetzt zu einer Katze? Wenn mir jetzt auch noch ein Fell wuchs, war ich richtig sauer auf Lionel. Ich zahlte einiges, dass fast jegliches Fell auf mir entfernt wurde und es tat noch dazu höllisch weh.
Schließlich hatte ich auch X-Men gesehen und am Ende sah ich aus wie die weibliche Version von Wolverine. Tja, wenn Hugh Jackman dann mein Ken war, war das vielleicht gar

nicht so übel...vielleicht waren die Mutanten ja solche Leute wie ich. Mittels TV inspirieren uns ja außerirdische Zivilisationen, siehe Star Trek. Davon war ich überzeugt und ich sollte rechtbehalten.

Ziemlich müde ging ich schließlich ins Bett. Ich hatte alles gepackt und die zwei Miezendamen hatten es sich ohnehin schon längst bei mir gemütlich gemacht. Elvis G. schlief am zweiten Kopfpolster, Delphi und Panta rhe-si lagen zusammengekuschelt in meinen Kniekehlen mit den Pfötchen auf meinen Beinen. Was bedeutete, dass ich mich nicht die Bohne bewegen konnte. Ob meine Mutter rechtbehalten würde mit ihrer Behauptung, dass ich als schrullige alte Dame mit hunderten Katzen, natürlich ohne Mann, enden würde. In diesem Moment schien mir diese Variante durchaus plausibel....ich fiel innerhalb kurzer Zeit in einen unruhigen Schlaf und ich träumte von einem Tempel mit unglaublich vielen Katzen. Aber es waren keine normalen Katzen, sondern wundersame Fabelgeschöpfe. Es gab eine türkise Katze mit Flügeln, die aussah wie ein kleiner Drache. Dann gab es eine grüne Katze mit schillerndem Fell. Eine regenbogenfarbige Katze, wahrscheinlich eine Hippiekatze, ich konnte mich gar nicht sattsehen. Es war wohl der Tempel der Bastet, dazwischen schummelten sich Resi und Delphi in den Traum. Dann wechselte das Bild plötzlich und ich sah mich in meinem altbekannten Alptraum wieder. Ich sah den Mann, das Feuer und den Schmerz in seinen Augen. Seine Augen, plötzlich erkannte ich diese Augen. Ich hatte erst vor kurzem in diese Augen geblickt. Vor lauter Schreck wachte ich plötzlich auf und zuckte so ruckartig in die Höhe, dass meine Miezenfreundinnen ein entrüstetes Miau von sich gaben. Jetzt konnte ich nicht mehr schlafen. Es waren die Augen von ....

Ich war geschockt. Das war starker Tobak. Er würde mir einiges zu erzählen haben. Es wühlte mich total auf, aber der Schmerz, der mich normalerweise erfasste, war irgendwie weg. Ich konnte es betrachten, ohne gleich in Tränen auszubrechen. Wir hatten also eine gemeinsame Vergangenheit, eine sehr traumatische noch dazu. Es würde ein spannender Flug werden. Es war drei Uhr morgens, ich versuchte, wieder mein Plätzchen im Bett zu finden. Was nicht so leicht war, wenn drei Katzen voll ausgestreckt quer über dem Bett verteilt waren. Ich fand noch zwanzig Zentimeter Breite, die ich zur Verfügung hatte. Elvis legte sein Pfötchen um

meinen Hals und sein Köpfchen auf meinen Kopf, wie süß. Sein Schnurren beruhigte mich. Kurz bevor ich dann doch wieder in Orpheus Armen versank, streifte mich der Gedanke, dass ein verhexter Casanova, der Urheber dieser Bezeichnung noch dazu, mit mir das Pölsterchen teilte. Die Welt war doch verrückt....
Ich erwachte, weil verschiedenste kleine Körper auf mir herumstiegen. Einmal ein Pfötchen in die Milz, dann bitte auf meine Haare, dass es nur so ziept. Als ich die Augen öffnete, blickte ich schon in ein majestätisch blickendes Augenpaar, das mir eindeutig das Wort 'Hunger' übermittelte. Ich streckte mich in richtiger Katzenmanier und schwankte in Richtung Küche, wo ich drei Schälchen hatte, die ich mit dem teuersten Bio Futter füllte, dass es im Supermarkt zu kaufen gab. Sie hatten mich dazu erzogen, die Meute. Ich fand den Geruch heute gar nicht mehr so eklig...Ich war eine richtige Katzensklavin geworden, die hier bei denen zur Untermiete wohnte. Wenn ich die Wohnung betrat, saß oben schon ein Katze, die mich mit einem Blick ansah, der besagte 'du hier?' Das Buch meines Freundes Michael Tellinger 'versklavte Spezies' bekam eine ganz neue Bedeutung. Nachdem ich meine Pflichten erfüllt hatte und alle drei brav ihre Mahlzeit zu sich nahmen, hatte mich eine

besondere Aufregung erfasst. Eine Art Abenteuerlust. Meine Verlegerin hatte auch schon angerufen, wann denn das Manuskript fertig sei. Tja, wenn ich das nur wüßte. Ich schreibe ja nur die ganze Wahrheit und nichts als die Wahrheit und ich konnte es erst abschließen, wenn die Geschichte zu Ende war. Ich war gerade dort, wo ihr gerade lest. Der Rest hatte ja noch nicht stattgefunden. und niemand konnte wissen wie es ausging. Wie Delphi mir erklärte, konnten gute Hellseher immer nur mögliche Ausgänge voraussehen. Wenn der/die Betreffende so weitermachte wie bisher. Änderte sich jedoch das Bewusstsein der Person, änderten sich auch die Ereignisse. So waren die Prophezeiungen von Nostradamus, wie Delphi ja aus erster Hand wusste, nur Warnungen an die Menschheit. In der Manier, Menschen wenn ihr so weitermacht wird das und das eintreten. Deshalb musste man sich sehr von Wahrsagern in Acht nehmen, die recht haben wollten mit dem Vorhergesagten. Denn das konnte im Negativen sehr leicht zu einer selbsterfüllenden Prophezeihung werden. Ein weiser Medizinmann namens Semu Huaute von den Chumash hatte mir mal erzählt, dass wenn er davon träumte, dass jemand den er gut kannte in Gefahr war, dann schickte er Licht in die Situation oder änderte den Traum in eine positive Richtung. Der Person darüber zu erzählen, würde nur die Angst schüren und das Ereignis noch mehr herbei holen. So, ich duschte mich, wusch mein langes Blondhaar und überlegte mir die geeignete Reisekleidung. Ich wählte einen khakifarbenen Leinenrock und Leinenbluse, samt grünen Schnürsandalen. Das hatte etwas von Indiana Jones. Die flachen Sandalen waren nämlich superbequem. Ich musste ja schließlich durch die Wüste stapfen. Ich nahm mir auch eine warme Weste mit, die Nächte waren kühl in der Wüste. Ebenfalls meinen geliebten korallenrosa Strohhut, der mir einen Hauch von 'Jenseits von Afrika' verlieh. Oh hatte ich geweint bei diesem Film, oh Robert, oh Meryl. Nachdem ich meine Haare ein bisschen getrocknet hatte, packte ich meine Beautyutensilien zusammen und steckte sie in mein Köfferchen. Dann suchte ich mir meinen Pass raus und da lagen auch noch die drei Gesundheitspässe der Miezen, die ich natürlich für den Flug ebenfalls brauchte. Ich trommelte die Meute zusammen und bat die drei freundlicherweise in ihren Körbchen platzzunehmen. Was sie murrend taten. Ich verabschiedete mich noch von meinen Pflanzenfreunden, gegossen hatte ich sie, Fenster waren geschlossen, Herd abgedreht. Los ging es, auf ins Abenteuer. Ich transportierte ein Teil nach dem anderen ins Auto und brachte alles grade mal unter. Elvis wollte vorne platziert sein. Die drei hatten gefüllte Bäuche, hoffentlich wurde ihnen nicht schlecht oder sie mussten aufs Klo, dachte ich noch, denn keiner bzw. keine war am Kistchen, bevor wir losfuhren. Die drei dachten nicht daran ihr Geschäft im Freien zu machen, was mich nicht sonderlich erfreute. So fuhr ich denn los mit meiner illustren Gesellschaft. Vielleicht bin ich aus einer Anstalt ausgebrochen und bilde mir alles nur ein, dachte ich kurz mal. Ich blieb noch mal kurz bei der Bäckerei stehen und wollte noch einen Kaffee einwerfen, to go. Oh, da stand auch Toni Krachkörndl und hatte dieselbe Idee, ebenfalls mit Koffer. 'Oh, verreist du auch', fragte ich neugierig? 'Ja, muss mit nach Ägypten', antwortete er kryptisch. Das war ja interessant! Er flog auch nach Ägypten? Allerdings nicht mit dem normalen Flieger wie ich, sondern mit dem Learjet seiner Chefin. Das war ein sonderbarer Zufall. Es hinterließ ein sonderbares Gefühl in meiner Magengegend. Ich brachte nur ein verwundertes 'aha' heraus und hatte es eilig mit meinem Coffee to go zu verschwinden. Könnte es sein, dass er einer von denen war, ging mir durch den Kopf..er machte ja solch ein Geheimnis aus der Identität seiner Chefin.

Wenn er es mir sagte, müsste er mich töten, hatte er mal gewitzelt...vielleicht wusste Lionel mehr...
Es war ein zäher Weg quer durch die ganze Stadt bis zur Schlachthausgasse und ich musste mich auf den Verkehr konzentrieren. Ich würde für ein neues Domizil für Jakob plädieren.
Endlich da, stieg ich kurz aus und läutete bei Tür Nummer 9. Kurz darauf, war er schon da. Wir umarmten uns und ich pflanzte seinen kleinen Koffer auch noch in meinen Wagen. Verstohlen suchte ich den Blick in seine Augen und erstarrte gleich vor Schreck. Ja, kein Zweifel, es drehte mir den Magen um. Ich hatte das Verdeck zu, weil er Hitze kaum vertrug, seine Körpertemperatur war immer aufgrund seiner Heilenergie erhöht. Ich fragte mich, wie er Ägypten packen würde. Er nahm vorne Platz und den Korb von Elvis auf den Schoß. Auf ging es zum Flughafen. Das war nicht mehr weit. Ich parkte im Parkdeck A, das war bei den Spesen drin. Ich trug ein Körbchen mit Resi, sie war ein Fliegengewicht und meinen Koffer samt kleiner Handtasche. Jakob musste einen Rollwagen für den Rest organisieren. Es ging alles glatt und bald saßen wir im Flieger. Lionel würde uns vor Ort abholen, wie immer das ablaufen würde...jede Mieze war gut platziert, wenngleich es

ziemlich eng war, aber der Flug nach Kairo dauerte nicht allzu lange.

Als wir in Ruhe nebeneinander im Flugzeug saßen, begann ich mit: ich habe regelmäßig einen Alptraum von einem Mann der am Scheiterhaufen verbrannt wird. Er sieht mir voller Schmerz in die Augen - es sind deine Augen. Hm, brummte Jakob in seinen weissen Bart. Willst du die Geschichte wirklich erfahren? fragte er mich eindringlich. Ja, auf jeden Fall, kam es von mir wie aus der Pistole geschossen. Gut...und dann erzählte er mir alles. Ich war geschockt, es war als ob die gesamte Erinnerung wie ein Puzzle langsam wieder zusammengesetzt wurde. Ich hatte Flashes von mir in einem rosa Corsagenkleid mit Reifrock und einer Perücke aus Korkenzieherlöckchen. Ich sah Henry und mich in einem wunderschönen Rosengarten. Er hatte mir wunderbare romantische Gedichte geschrieben und las mir vor. Ich sah Henrys hasserfülltes Gesicht als ich ihn verließ. Ich sah mich in den Armen von Jacques, der ganz anders aussah als jetzt, außer den Augen in diesem blaugrün. Es traf mich wie ein Hammerschlag aus dem Nichts. Jakob nahm meine Hand und wir saßen stumm die nächsten Stunden so da, bis wir im Landeanflug waren. Meine Gefühle für Henry waren zwiespältig. Ich hatte ihn geliebt, doch was er getan hatte, erfüllte mich mit Abscheu. Er hatte sich einfach für die falsche Seite entschieden. Ich fühlte sein Herz noch immer für mich brennen, doch etwas sehr Dunkles loderte in diesem Feuer. Puh, das war jetzt hardcore. Wir landeten gerade, ein kurzer Magenausheber. Ich hörte auch ein Glucksen von den Körben. Wir packten unsere sieben Zwetschken zusammen, inklusive den Miezen und verließen den Flieger.

Galiläa vor rund 2000 Jahren.

Der Mann hatte etwas an sich, eine Ausstrahlung die einem in seinen Bann zog. Er trug ein einfaches Gewand und hatte schulterlanges gewelltes dunkles Haar. Seine braunen Augen gaben einem das Gefühl tief in die Seele blicken zu können. Mit behutsamer und liebevoller Geste ergriff er die Hand seiner Partnerin. Sie war eine schöne, sinnliche Frau mit langem schwarzen Haar. Sie schmiegte sich zärtlich an den Mann. Gleich hatten sie die Hütte erreicht und sie freute sich auf die gemeinsame Zeit der Zärtlichkeit mit ihm. Wenngleich sie einen tiefen Schmerz in sich spürte, als ob das Herannahende bereits seine Schatten voraus warf. Nie hatte sie einen Mann so geliebt wie ihn. Sie würde sogar für ihn sterben. Er hatte sie viel gelehrt und sie lehrte ihm die Künste der körperlichen Liebe. Sie waren an der Hütte angelangt und hatten sich dort ein Lager aus Stroh gemacht. Sie nahm seine Hände und zog ihn auf das Lager. Sie blickten sich tief in die Augen und jeder wusste in diesem Augenblick was war, was sein würde und was Ewigkeit bedeutete. Niemals hatte sie den Liebesakt in solch einer Tiefe, Liebe und Ekstase erlebt.

Sie hatten Gott wahrlich geschaut. Zärtlich lag sie in seinen Armen und er sprach mit sanfter Stimme: 'Ich werde immer bei dir sein'. Ihre Augen füllten sich mit Tränen. Er küsste sie weg und sagte: „weine nicht Geliebte, denn du wirst mein Vermächtnis weiterführen". Man nannte den Mann Jesus von Nazareth und seine Gefährtin wurde Maria von Magdala genannt.

In Ägypten.

Als wir aus dem Flughafengebäude gingen, traf mich der nächste Hammer, nämlich die Hitze. Jakob ging zielstrebig auf einen schwarzen Mercedes zu. Ein freundlich blickender Mann, der aussah wie ein Agent des Mossad stieg aus dem Wagen. Er begrüßte Jakob wie einen alten Freund. Jakob stellt ihn vor als seinen Neffen Gideon aus Israel und erzählte mir, dass Gideon mal für den Mossad gearbeitet hatte. Mann, war ich gut...er hatte die Dimension eines Schranks und ich fühlte mich sicher in seiner Gegenwart. Jetzt war er Bodyguard bei den LPA und Boss der LPA Nahost. Wir stiegen in den Wagen, nachdem unsere drei vierbeinigen Ermittler auf der Rückbank verstaut waren. Wir fuhren in die Zentrale des LPA Departments in Kairo. Wow, wir parkten vor dem ägyptischen Museum. Gideon nahm sich unserer Koffer an und wir betraten das Museum durch einen Seiteneingang. Wir schritten einen Gang entlang, dann links, rechts, Stufen runter und standen plötzlich vor einer Tür, die wie der Sarkophag von Tut-ench-Amun aussah. Gideon drückte einen Knopf und die Tür öffnete sich. Wie originell. Ich fühlte mich wie Brandon Frazer im Film 'der Fluch der

Mumie'. Dahinter, wow, habt ihr 'Men in Black' gesehen? Ungefähr so sah es aus, aber auf elfisch. In der Vorhalle standen eine Reihe von großen Palmen und daneben gab es Umkleidekabinen. Das sind Floreonauten-Pflanzen, erklärte mir Jakob. Alle grüßten ihn mit großer Ehrerbietung. Wenn du nach Ägypten plantsurfst dann landest du in einer dieser Pflanzen! Cool...dachte ich mir. Ich kam aus dem Staunen nicht mehr heraus. An den Wänden hingen lauter Pflanzen herunter und in der Mitte der Halle plätscherte ein unglaublicher Brunnen aus Amethyst, der beleuchtet war. Auf einem Podest stand ein sehr imposanter Kristallschädel aus Lapislazuli. Das Blau dieses Steins war blau wie die Nacht. Der Schädel der Göttin Nuit stand an einem Schild daneben. Ich konnte mich gar nicht sattsehen, vor allem der Mix aus Menschen, Elfen und Zwergen. Sie trugen auch teilweise ägyptische Gewänder. Ich erwartete nur noch Liz Taylor als Cleopatra. Sie war übrigens auch die echte Cleopatra und Richard Burton war Mark Anton, erzählte mir gerade Gideon. War doch klar. Wir gingen in einen wunderschönen Raum, wo uns schon Lionel erwartete. Er hatte einen ägyptischblauen Silbertannen-Nadelstreif gewählt. Er war doch ein sehr smarter Zwerg. Er war ja nebenbei auch Herausgeber eines sehr beliebten Zwergenmagazins namens 'Fortunate'. Es gab Tipps zur Vermögensvermehrung. Er sah jetzt aus wie der James Bond der Zwerge. Stand da etwa ein Martini auf dem Schreibtisch? 'Nein, das ist Apfelsaft mit Olive, gerührt und nicht geschüttelt', erklärte mir Lionel sogleich. Ich drückte ihn herzlich und ließ die drei Miezen aus den Körbchen. Nicht die Möpse...Die seufzten erleichtert und begrüßten Lionel, indem sie ihre Stirn an seine drückten. Wie entzückend. Hattet ihr einen guten Flug? fragte uns der Zwerg. 'Sie weiß es', antwortete Jakob, der immer rasch auf den Punkt kam. 'Oh, arme Caty', sagte er mitfühlend. 'Kein Problem ich bin ja Liebeskummerexpertin', ergoß ich mich in Selbstmitleid. Kaum gesagt, wehte ein allseits bekannter herrlicher Rosenduft in den Raum. Ein paar rosa Rosenblüten wehten ebenfalls herein. Oh, hätte ich nur auch solch einen Auftritt. Hier manifestierte sich gerade die wahre Liebeskummerexpertin, nämlich Merliste. Übrigens die Urenkelin von Merlin und Morgan le Fay. 'Ich spüre, hier wird meine Hilfe benötigt', sagte eine Stimme aus einem halb durchscheinenden Körper, der immer dichter wurde, bis Merliste leibhaftig vor uns stand. Es sah ungefähr aus, als ob sie sich beamen würde. Was sie auch tat, wie sie mir bestätigte. Ihre liebevolle Energie erfasste mich sogleich. Ich fühlte mich gleich geliebt und umsorgt. Merliste gab mir ein kleines Fläschchen in einem süßen eleganten Flacon mit einem Rosenemblem drauf. 'Das ist ein Liebeskummer-Notfallmix, lindert den Herzschmerz sofort', sagte die Fee mit einem Lächeln, das die Arktis wegschmelzen lassen würde. Ich bedankte mich und warf gleich ein paar Tropfen ein und fühlte mich noch mehr in einer Wolke der Fürsorge. Ok, so konnte ich überleben, ich musste sie immer in der Tasche haben. Merliste trug wieder ein atemberaubendes hauchdünnes rosaviolettes Seidenkleid mit zartglitzernden Rosenapplikationen drauf. Über den Schultern flatterte durchsichtiger Stoff. Sie sah aus wie eine Rosengöttin...wer glaubt ihr war denn Aphrodite?...Merliste war neben Ul'i eine Hüterin der weiblichen Kraft. Während Ul'i den feurigen Aspekt der Frau repräsentierte, repräsentierte Merliste das Wasser im Weiblichen, das Yin.

Die Zeremonie wird heute um 21.00 stattfinden. Nefertari, eine ägyptische Elfe und sogar mal als Ägyptische Königin inkarniert, wird die Zeremonie leiten, kündigte Lionel an. Ägyptische Königinnen waren immer gleichberechtigt. Genau, bestätigte mir Resi. Oder sie hatten überhaupt die ganze Macht, siehe Cleopatra und die legendäre Königin von Saaba. Sie war übrigens die große Liebe von König Salomo, wusste die schlaue Resi. Und wunderschön...die Macht des Weiblichen hatte hier in Ägypten schon geblüht, doch seit die Staccarsi die Smaragde aus Bastets Tempel gestohlen hatten, war es mit der Macht der Frauen wieder dramatisch abwärts gegangen. Es gibt da übrigens auch Schriftrollen, die sich manifestieren werden, wenn die Zeremonie beendet ist, sagte Lionel in einem Nebensatz. Ich spitze meine Ohren. 'Nicht doch d i e Schriftrollen', fragte ich neugierig. 'Genau die Schriftrollen von Maria Magdalena', antwortete mir Lionel. 'Nicht wahr', gluckste ich aufgeregt. 'Was ist eigentlich das Besondere an diesen Schriftrollen', wollte ich es logischerweise genau wissen. 'Das Besondere daran ist, dass sie belegen, dass Maria Magdalena erstens Jesus 1. Hohepriesterin war und 2. Jesus Geliebte war', vermerkte Lionel trocken. Oh mein Gott, schrie ich förmlich! 'Wenn das die Kirche erfährt', stammelte ich aufgeregt. 'Ach Kindchen', gluckste Merliste nun amüsiert. 'Die wusste es immer schon. Stell dir vor, es kommt raus, dass die Einheit mit der Schöpfung am besten durch den Liebesakt erreicht werden kann. Vorausgesetzt zwei Menschen wissen wer sie sind und lieben sich. Kein Mensch braucht mehr die - übrigens männliche Priesterschaft', erklärte mir Merliste scharfsinnig. 'Natürlich ist die Sexualität der Menschheit auf einem sehr niedrigen Niveau angelangt, mit der sie kaum die Einheit mit der Schöpfung erreichen wird. Wir hatten damals einige Liebestempel und ich war eine Hohepriesterin der Liebeskünste', weihte mich Merliste ein. 'Wow, könntest du mich biiitte einschulen', fragte ich Merliste. 'Zum gegebenen Zeitpunkt wirst du eine Einschulung erhalten, wobei du ohnehin ein Naturtalent bist, wie ich hörte,' erwiderte mir die Fee mit ihrem zauberhaften Lächeln. 'There is still room for improvement', bemerkte ich smart. Seid ihr sicher, dass Jesus und MM .....'ja, Jesus von Nazareth musste auch den Körper in seiner höchsten Glorie erfahren. Der Vatikan ist im Besitz der Schriftrollen', erklärte mir Lionel nochmals eindringlich. 'Diese Schriftrollen werden dann der Menschheit offenbart werden, was eine große Auswirkung auf die Bedeutung des Weiblichen haben wird'. 'Die Kirche wird mich dann exkommunizieren', äußerte ich meine Befürchtungen. 'Wenn du das überlebst ja', bemerkte Jakob trocken. Scherzte er oder nicht, fragte ich mich wieder besorgt. 'Es ist das meistgehütete Geheimnis in der Kirchengeschichte und auch eines der weitreichendsten. Denn als man beschloss, die wahre Macht der Frau zu verheimlichen, startete man ein Programm der Gewalt und des Krieges auf dem Planeten Erde. Ja, liebe Caty - du hast dein Scherflein dazu beigetragen, dem Weiblichen seinen Stellenwert wieder zurückzugeben, wenn die Zeremonie gelingt', sagte Lionel und drückte meine Hand. Oh, ich war gerührt und gleichzeitig besorgt.

'In drei Stunden wird der Codezauber von den falschen Steinen erlöschen, dann werden die Staccarsi ausrasten. Die Zeit zwischen 20.00 und 21.00 Uhr ist die gefährlichste, denn da müssen sie die Steine zurückhaben, sonst ist die Möglichkeit zerronnen. Wenn sie uns die Steine abluchsen, natürlich ebenso', klärte uns Gideon der Sicherheitschef auf. Der Tempel würde eine Festung sein. 'Aber diesmal sind wir mal im Vorteil. Wir haben Jahrhunderte darauf gewartet und die Prophezeiungen von Nostradamus beziehen sich auch auf dieses Ereignis, allerdings sehr kryptisch. Es gibt eine einzigartige Sternenkonstellation im Zyklus des Roten Mondes', bemerkte Lionel. 'Oh ich bin Roter Mond nach dem Maya-Horoskop', sagte ich. 'Na klar, du musst Roter Mond sein, sonst könntest du die Steine nicht in die Augenkammern fügen', informierte mich Lionel. Was, ich? war ich geschockt. 'Nur du kannst es tun, die wohl fast wichtigste Aufgabe deiner gesamten Inkarnation', verkündete Jakob mit diesem feierlichen Tonal. Ich war nahezu erschlagen von der Tragweite meiner Bedeutsamkeit. Das war Balsam für mein Ego, nach jahrzehntelangem Dasein als beinahe Grottenolmin. Verzeihung liebe Spezies der Grottenolme. Das war viel schlimmer als einen Elfmeter zu verschießen. Was wenn ich tot wäre, fragte ich entsetzt. 'Das hätte die Operation Bastet äußerst verkompliziert', bemerkte der Leiter unseres Kommandos Lionel. 'Lasst uns jetzt zum Tempel aufbrechen. Er liegt in der Stadt Zagazig, rund 1 Stunde zu fahren. Die Vorbereitungen im Tempel laufen bereits auf Hochtouren. Wir sehen uns dort', sagte Lionel und er und Merliste waren verschwunden. Jakob und ich gingen mit Gideon und den Miezenkörben zum Wagen und wir fuhren raus aus Kairo. Gottseidank hatte das Auto eine Klimaanlage. Endlich waren wir da. Die drei Miezen hatten es sich alle drei auf meinem Schoß gemütlich gemacht. Doch jetzt hieß es aussteigen. Die Hitze schlug mir wieder ins Gesicht, auch Elvis stöhnte unter seinem Flauschipelz...

Der Eingang zur Tempelanlage lag etwas weiter östlich von den offiziellen Ausgrabungsstätten der Bubastis. Er lag total versteckt und man würde ihn niemals finden, wenn man nicht wusste wo er war. Eine dezente mittelgroße Katzenstatue stand wie ein Relikt verloren da. Elvis, Delphi und Resi legten jeweils ein Pfötchen auf eine bestimmte Stelle. Plötzlich begann es zu Grummeln und die Wand aus Pflanzen begann sich auf die Seite zu schieben. Sehr schlau. Ich war impressed. Wir betraten die Pyramide, wie mir kurz nach dem Betreten klar wurde. Die Tür hinter uns verschloss sich wieder. Wir stiegen Steinstufen hinunter und an den Wänden brannten Fackeln. Die Wände waren mit verschiedenen Katzenwesen illustriert. Da gab es eine türkisfarbene Katzensphinx. Mein Gott, es war die Katze aus meinem Traum. Ich war im Traum in diesem Tempel gewesen. Das war ein Abenteuer, Tia Carrere aus Relic Hunter, die schöne Hawaiianerin hätte sich wohl nicht anders gefühlt als ich in diesem Moment. Plötzlich waren wir in einem atemberaubenden Saal mit vielen Katzensarkophagen. Vorne stand eine riesige Statue der Göttin Bastet. Sie war aus einem schwarzen Stein, ich glaube aus Obsidian und sie trug eine Kette, nämlich die rote Rubinkette, die ich beim Date mit Henry getragen hatte. Beim Gedanken an Henry krampfte sich mein Herz zusammen. Die würden demnächst merken dass sie die falschen Smaragde hatten. Na ja, die brauchten sicher einige Zeit um diesen Tempel ausfindig zu machen. Deshalb fragte ich Jakob 'wo ist denn der Tempel der Sekhmet?'. Er ist der spiegelverkehrte Teil dieses Tempels, antwortete Jakob ohne mit der Wimper zu zucken. 'Oh je, dann werden sie uns rasch finden', sagte ich entsetzt. 'Sie müssen den Durchgangscode knacken', beruhigte er mich. Das wird in drei Stunden sehr schwierig. Mieze Resi und Delphi gingen auf die Statue zu. Sie riefen mir noch zu 'nicht erschrecken!' Wovor denn?

Etwa dass sich die beiden Miezchen plötzlich in zwei ausgewachsene schwarze Panther verwandelten? Du liebe Zeit, dachte ich mir, hoffentlich mögen die mich noch, dachte ich verängstigt. 'Keine Sorge, du wärst uns zu dünn als Häppchen', übermittelte mir nun Panther Resi keck. Da bin ich ja beruhigt. Auch Elvis war ein bisschen beunruhigt, war er doch Kater in Ursprungsgröße. Er würde die beiden nun mit anderen Augen betrachten. Hatte er sie doch großkotzig als seine 'playmates' bezeichnet. Die beiden Panther setzten sich rechts und links von der Statue. Plötzlich erschien eine unglaublich schöne ägyptische Elfe. Sie kam auf uns zu. Jakob und Gideon verbeugten sich ehrfürchtig. Ich tat es Ihnen sicherheitshalber nach. Aber bitte meine Lieben, sagte die Schönheit leger. 'Ich bin

Nefertari und du musst Caty sein', sagts und drückt mich. 'Ja, eure Hoheit', stammelte ich. Alle kicherten... Sie drückte auch Jakob und Gideon und gab Elvis ein Küsschen mit dem Vermerk 'oh Giacomo Liebling'. Elvis G. sah sie schmachtend an und brachte ein klägliches Miau hervor. Nefertari trug ein unglaubliches Kleid aus Gold, Lapislazuli, Türkisen und roten Korallen. Es machte mich sprachlos. Sie hatte schwarzes langes Haar und Augen in dunklem Braun. Sie waren leicht schräg, wie die einer Katze. Doch waren sie seltsam starr. Ihre Haut hatte einen goldenen Braunton und auf ihren Oberarmen trug sie Armbänder aus Diamantenschlangen. Sie trug einen Ring mit einem violettem Scarabäus. Ihr Haar zierte eine Krone aus Gold, und in der Mitte formte sich das Gesicht der Katzengöttin heraus. 'Wenn die Smaragde wieder an ihrem wahren Platz sind, dann kann Nefertari auch wieder sehen,' informierte mich Jakob. Alles klar. 'Ihr müßt euch umziehen', beendete der eben aufgetauchte Lionel samt Merliste unsere Begrüßungszeremonie. Der Zwerg hatte einen dunkelblauen schillernden Kaftan an, was einer gewissen Komik nicht entbehrte. Merliste trug über ihrem Kleid einen Mantel oder besser gesagt eine Art beigen Talar mit goldenen ägyptischen Schriftzeichen. Wohl Hohepriesterinnen Outfit, dachte ich mir. Da manifestierte sich eine Elfe, die ich ebenfalls noch nicht persönlich kannte. An der Reaktion von Lionel schloss ich, dass es sich um Ul'i handelte. Wow, sie war ebenfalls eine atemberaubende Elfe. Sie hatte langes braunschwarzes Haar mit feuerroten Strähnen und braune Mandelaugen. Sie trug eine feuerrotes mit Feueropalen besetztes Bustier und einen feuerroten Rock mit Schlitz vom Bein oben weg, das alles auf olivfarbenen Teint. Die Engel von Victoria Secret würden gegen diese Girls hier mächtig ablosen, das kann ich euch sagen. Die Urenkelin der Göttin Pelé trug ebenfalls über ihrem Outfit diesen beigen Mantel, jedoch mit rotem Symbolen. Sie begrüßte Lionel und es sprühten tatsächliche Funken aus ihrer Aura. Sie errötete leicht, was sie noch bezaubernder erscheinen ließ. Sie schickte mir eine Kusshand aus der Funken sprühten. Auch Gideon und Jakob waren fasziniert. Verständlich, da müsste man ein gutes Selbstwertgefühl haben, um sich neben diesen Göttinnen noch einigermaßen passabel zu fühlen. Als ob Merliste meine Gefühle gespürt hätte, sagte sie mit ihrer lieblichen Stimme 'so liebe Caty wir werden dich jetzt auch zu einer Göttin stylen, Outfitwechsel...' Oh ja, das klang sehr verlockend.

Ich folgte der Liebesfee und stand plötzlich in einem altertümlichen königlichen Spa, es kam mir alles sehr vertraut vor. Zwei ägyptische Elfen, man erkannte sie an den spitzen Ohren, nahmen mir die Kleider ab und führten mich zu einem kleinem Becken, das köstlich nach Milch, Honig und Rosen duftete. Ich stieg nackig in dieses herrliche warme Naß. Das war also in Milch und Honig baden in seiner ursprünglichsten Form. Es fühlte sich unglaublich an. Ich tauchte auch mein Gesicht unter. Es erzeugte eine Ekstase in meinen Zellen. Ich fühlte mich unglaublich schön, sinnlich und vollkommen in meiner Weiblichkeit geborgen. Du liebe Göttin, gebt mir diese Bademischung mit nach Hause....es machte auch etwas mit meiner Haut, sie fühlte sich zarter und einfach verjüngter an. Mein Haar wurde ganz weich und formte von selbst weiche Wellen. Ich hatte mich noch niemals so schön gefühlt. 'Zeit rauszukommen' sagte eine der süßen Tempelelfen. Ich stieg noch in ein klares Wasserbecken, was nun sehr erfrischend und belebend wirkte. Merliste wartete mit einem flauschigem weichen Badetuch mit goldenem Katzenkopfemblen und mummelte mich ein wie eine Mutter ihr Baby. Sie erwähnte noch nebenbei 'das Wasser hat deiner Haut zehn Jahre Verjüngung geschenkt'. Als ich in den Spiegel sah, war ich platt. Ich sah aus wie nach einem Jahr Urlaub auf den Fidschis und 10 Jahre jünger. Oh, ihr Feen ich liebe euch. 'Ein kleines Geschenk von uns', säuselte Merliste und ich war froh, dass ich kein Seefahrer auf hoher See war....'oh danke', säuselte ich in meiner Art zurück. Vielleicht würde mir Merliste Säuselunterricht geben. 'Hier dein Kleid Caty' und sie gab mir mein Kleid. Nein es war kein Lederoutfit wie Halle Berry es in Catwoman getragen hatte, auch nicht der Lackoverall von Michele Pfeiffer als dieselbige. Es war ein wunderschönes cremeweisses langes Kleid mit goldenen Schriftzeichen am Ausschnitt. Es hatte Ärmel aus luftiger Seide, die bei jeder Bewegung wehten. Ich war nun auch eine Göttin. Die Schlichtheit des Kleides machte es atemberaubend. Es war das Kleid einer Hohepriesterin. Ich hatte auch noch die Vorgängervariante der Flip Flops an den Füßen. Allerdings in Gold mit Diamanten besetzt. Das waren eher Flips als Flops....Zuguterletzt hängte mir Merliste noch ein langes Cape aus dunkelgrünem Samt über die Schultern. Jetzt hatte ich etwas von Galadriel, der Herrin des Waldes aus 'Herr der Ringe'. Tolkien wurde natürlich von den Elben inspiriert, was sonst. So sah es vor der Zeit auf der Erde aus, hatte mir Lionel erklärt. Puh, ich

fühlte mich urwohl als Galadrielverschnitt. Ich konnte mithalten, sagte mir die Reaktion aller Anwesenden. 'Wow, ich sehe bald nichts mehr vom Lichte all dieser Schönheiten geblendet', charmte der vierbeinige Liebhaber des Jahrhunderts herum.
Auch Gideon und Jakob klatschten beeindruckt mit den Händen. Ich hatte die ehrenvolle Aufgabe, die Smaragde zum gegebenen Zeitpunkt in die Augenhöhlen zurückzugeben. Sie lagen auf einem kleinen Altar auf einem Polster aus rotem Samt zwischen den beiden Panthermiezen. Sie waren die Wächter der Bastet wie ich erfuhr. Hollywood konnte diese Szene nie so hinkriegen...ich war überwältigt, vielleicht träumte ich doch...doch ein Piekser von Elvis' Krallen holte mich wieder ins Jetzt. Autsch, Miezepeter...Nefertari setzte noch eins drauf indem sie mir eins drauf setzte. Nämlich ein Diadem, ein Krönchen...oh wie toll, ich hatte es nie als Debütantin auf unseren legendären Wiener Opernball geschafft. Jetzt bekam ich doch ein Krönchen und was für eines. Viel schöner als jeder Designer es jemals erschaffen konnte. Es waren unglaublich fein in sich verschlungene Rosen, die sich auf meinem Kopfe rankten. Olivine und rosa Calzite zauberten den zarten Glanz. Es war wunderschön. 'Es gehört dir', sagte Nefertari.

‚Wenn du deine Schönheit nicht mehr sehen kannst, dann setze es auf und du fühlst dich gleich liebenswerter'. Eine Zaubertiara auch noch, ich musste jetzt weinen. Ich fühlte mich noch nie so geliebt, geborgen und wertvoll wie in diesem Moment. Ich dankte allen aus tiefsten Herzen. 'Wir danken dir', sagte Nefertari und sah mich tiefgründig an, obwohl sie mich nicht sah. Und doch sah sie in den Urgrund meiner Seele.

Und es war bald 21.00 Uhr. Oh, die Staccarsi hatten sicher schon herausgefunden, was Sache ist.

Spiegelverkehrt.

In der Tat das hatten sie. Omar hatte es gemerkt, als er den Tempel der Sekhmet betreten hatte. Die Steine hätten rot glühen müssen. Er wollte vor Zorn und Fassungslosigkeit alle Umstehenden mit seiner Glock erschießen (es war keine Glockenblumenglock...). Seine schwarzbraunen Augen wurden richtig schwarz und sahen aus, als ob sie gleich zu brennen beginnen würden. Er war sicher, dass ihm schon Henry die falschen Steine untergejubelt hatte. Doch das konnte er nicht beweisen. Er hatte den Schwarzen Peter. Er schlug Alarm. Alle liefen zusammen. Wie hatte es das Elfenpack nur geschafft? fragte er sich. Das war die Schlappe des Jahrhunderts. Man würde ihn nicht töten, da er die Steine damals gestohlen hatte. Aber es war ein großer Rückschlag. Allen war klar, dass sie den Code zum Durchgang des Bastet Tempels niemals in der kurzen Zeit knacken konnten. Henry fragte sich gerade, wie es passieren konnte. Steckte Caty doch mit drin, doch wie hätte sie die Smaragde stehlen können? Er hatte doch die Echtheit geprüft. Es war Omars Schuld gewesen. Doch tief in seinem Inneren nagte

der Zweifel...das war ein harter Schlag für die Staccarsi. Es würde Lucille van der Guilt Auftrieb geben. Sie hatte bei den Staccarsi ohnehin schon die eigentliche Macht.
Alle wussten, dass es aussichtslos war, jetzt noch in den Besitz der Smaragde zu gelangen. Außerdem mussten sie den Tempel verlassen, denn die Kraft von Sekhmet und Bastet würde sich verbinden und alles Dunkle im Umkreis ausschalten. Das war ein schwerer Schlag für die Staccarsi. Er würde beweisen müssen, dass die Smaragde tatsächlich bei Omar gestohlen wurden. Omar würde das Gegenteil beweisen wollen. Denn der war sicher, dass diese Frau beim Lift etwas damit zu tun hatte. Sie roch förmlich nach diesen Elfen. Er würde es herausfinden, wenn es so war...Und dann gnade ihr Gott...er musste es unbedingt vor Omar herausfinden. Und sie mussten hier schleunigst verschwinden, es war gleich halb neun. 1:0 für die Elfen. Dieses Mal.

Bastet.

Es war gleich Neun. Ich näherte mich der Statue, flankiert von Merliste und Ul'i. Nefertari plazierte sich in einem Umriss, der genau ihrer Größe entsprach, in der Statue. Sie wurde förmlich eins mit der Statue. Sphärische Musik erklang. Plötzlich bewegten sich die Steine von dem Samtpolster nun wie von Geisterhand in Richtung der Augenhöhlen. Alle beobachteten den Vorgang fasziniert. Schließlich fanden die Augen ihren Weg zurück an ihren Platz. In Nefertaris Augen zeigten sich Tränen und auch ich wurde von einem Gefühl der Freude und des Friedens erfasst, dass mich zu Tränen rührte. Alle waren von diesem feierlichen Gefühl erfasst und die Dankbarkeit in Nefertaris Augen rührte mich noch mehr zu Tränen. Sie konnte wieder sehen. Eine neue Leichtigkeit erfasste mich und ich hatte das Gefühl ich müsste tanzen. Mein Körper bewegte sich plötzlich wie von selbst. Ich tanzte einen Tanz, besser gesagt es tanzte einen Tanz. Mein Körper bewegte sich in einer Art und Weise wie ich niemals gedacht hatte, dass sich mein Körper bewegen konnte. Es war der Tanz der Bastet. Auch Merliste und Ul'i wiegten sich im

Rhythmus. Wir gaben uns die Hände und Merliste sprach plötzlich folgenden Zauberspruch:

'Erde, Wasser, Feuer, Licht
Der Dunkle Schleier endlich bricht,
Der Bastets grünes Licht zurück
Des Weibes wahre Macht erstrahlt,
Der Welt noch eine Chance für Glück.'

Und durch die Verbindung unserer Kräfte öffnete sich wie durch Zauberhand die Wand hinter der Statue. Ich erschrak. Keine Sorge, erreichte mich der telepathische Gedanke von Panther-Resimiez, die Kräfte der beiden Göttinnen vereinigen sich jetzt, die Staccarsi sind geflüchtet. Leichtigkeit ohne Stärke würde wie ein Spiralwind im Äther verschwinden, das Eine braucht das Andere, so Merliste. Okidoki. Genau hinter der Statue der Bastet stand die löwenköpfige Statue der Sekhmet. Flankiert von zwei echten Löwen. Wow, unglaublich majestätische Löwen. Besser gesagt ein Löwe und eine Löwin. Die waren riesig. Echte Löwen, keine Statuen. Ich hoffte, es waren ebenfalls kleine Miezen. Ein Blick auf Elvis G. zeigte mir, dass er dieselbe Hoffnung hegte...jetzt schien es, als ob die beiden Statuen wieder verbunden wurden.

In den Augen der Sekhmet erstrahlten zwei Diamanten. Ich fühlte plötzlich das Gefühl der Stärke und des Edelmutes in mir, wie ich es noch nie gefühlt hatte. Puh, ich mutierte wohl zu Superwoman. Ich spürte die Kraft des Löwenpaares in mich überströmen und es war mir plötzlich, als ob diese Kraft in alle Frauen dieser Welt überströmte. Ich sah die Gesichter von Frauen in Indien, in Afrika, im Nahen Osten, wie sie die schwarzen Schleier ablegten...ich sah Frauengesichter der Stärke und der Freude. Ich sah Mädchen, die zur Schule gehen konnten... Ich sah auch entsetzte Gesichter im Vatikan, als sie das Verschwinden einer antiken Schriftrolle bemerkten. Nämlich einer die sich gerade in meinen Händen manifestierte. Es waren die Schriften von Maria Magdalena. Hohepriesterin und Geliebte von Jesus Christus. Sie würden die Wahrheit über die Macht des Weiblichen offenbaren. Voll Erstaunen sah ich auf dieses kostbare Dokument in meinen Händen. Ich gab es an Merliste weiter. Es war in aramäisch und in einer wunderschönen zarten Handschrift verfasst. Es bestand aus 18 Teilen. Die LPA würden es übersetzen. Dann würde jemand offiziell die Schriftrollen entdecken.

Ich dachte kurz an Dan Browns 'Da Vinci Code' und wie nahe er doch der Wahrheit gekommen war, abgesehen davon, dass Jesus und Maria Magdalena keine Kinder gezeugt hatten. Ich würde ihm eine Kopie schicken lassen.

Vatikan.

In den geheimsten Kammern des Vatikan blinkte jetzt auch Code Purpur. Dort in der Hochsicherheitszone der Schriftrollen hatte sich soeben etwas sehr Seltsames zugetragen. Eine Schriftrolle hatte sich vor den Augen des Schweizer Gardisten in Luft aufgelöst. Nachdem er sich kurz gefasst hatte, hatte er den purpurnen Alarm ausgelöst. Er wusste auch gar nicht um welche Schriftrolle es sich handelte, sie war nur die am strengsten bewachte im gesamten Vatikan. Wie sollte er das erklären? Er informierte den Sicherheitschef. Der informierte den Kammerdiener des Papstes. Der Camerlengo des Papstes nahm die Nachricht mit versteinerter Miene auf. Er schien nicht mal überrascht zu sein. Er informierte seine Heiligkeit.

Auch der Papst hatte eine unbewegte Miene als sein Kammerdiener ihm die Botschaft überbrachte. Sie beide wussten welche Schriftrollen hier verschwunden waren. Es waren die der Maria Magdalena.

Er hatte gewusst, dass dies eines Tages passieren könnte. Er war ein alter Mann. Er wusste viel. Er wusste, wo dieser Planet stand und er war weise genug, zu verstehen.

Als er alleine war und der Camerlengo den Raum verlassen hatte, setzte sich seine Heiligkeit in seinen bequemen Lieblingsstuhl. Er atmete tief durch und ein Lächeln lag auf seinem Gesicht. Dann stand er auf, nahm die Gießkanne und goss liebevoll die kleine Pflanze auf seinem Beistelltischchen.

Goodbye.

Wir waren alle sehr glücklich und Nefertari drückte mich bei unserem Abschied nochmals fest. Sie sagte mir noch zum Abschied folgende Worte: 'die Elfen sind dir sehr dankbar Caty. Und Bastet hat dir auch noch ein Geschenk gemacht. Was es ist, wirst du sicher bald bemerken.' Wow, ich war gespannt. Diese Elfengeschenke hatten es in sich. Wir feierten noch ein wunderschönes Fest mit leckeren Ägyptischen Speisen bevor ich mit Jakob und den drei mittlerweile wieder zu Miezen geschrumpften Gefährten morgen zurück nach Hause flog. Es war wie im Märchen. Ich hatte erstmals in meinem Leben das Gefühl, etwas wirklich Bedeutendes vollbracht zu haben. 'In der Tat meine Liebe', las dieser Lionel schon wieder meine Gedanken. 'Ich darf dir den persönlichen Dank der Elfenkönigin und des Zwergenkönigs übermitteln. Sie sind sehr stolz auf dich'. Puh, ich war gerührt. Ich hatte mein erstes Abenteuer gemeistert und es auch noch überlebt...

Lionel und Jakob waren erleichtert. Diesmal hatten sie mehr als Glück gehabt. Die Staccarsi hatten sich diesmal durch ihre

Arroganz und Überheblichkeit selber ins Knie geschossen. Doch die beiden wussten, dass die jetzt richtig wütend wurden. Jetzt wurde es für alle, besonders für Caty richtig gefährlich. Ihre Tarnung durfte auf keinen Fall auffliegen. Henry und Omar waren sicher sehr mißtrauisch. Omar hatte die Elfe in Caty sicher gerochen. Die Teslauhr mit dem Elfenenergie-Neutralisationschip von Grigori war demnächst fertig. Damit konnte man das Energiefeld des Trägers nicht mehr lesen. Die Staccarsi hatten die erste richtige Schlappe seit dem Tod des Nazareners erfahren. Doch jetzt mal weg mit den trüben Gedanken, jetzt wurde der Sieg erstmal gefeiert, dachte Lionel.

Als ich endlich zu Bett ging war ich zufrieden und glücklich. Ich sah noch einmal in den Sternenhimmel, bevor ich in mein kuscheliges Bett schlüpfte. Ich hatte ein tolles Gästezimmer im LPA Headquarter im Ägyptischen Museum. Mein Bett hatte ein riesiges Moskitonetz rundherum und Elvis G. fand heute den Weg lieber in mein Bettchen. Ich glaube, er musste die Panthermiezen erst verdauen, psychisch natürlich. Er breitete sich auf meinem zweiten Pölsterchen aus und wir bewunderten beide die vielen künstlerischen Papyri an den Wänden. Ich sagte noch 'gute

Nacht du Herzensbrecher' und war schon im Traumland..
Ich träumte von Mumien, zerfallenden Pyramiden und Katzen. Das beste aber war, ich träumte ich wäre eine Katze. Ich sprang aus dem Stand drei Meter auf eine Säule, ich sah im Dunkel und hörte Geräusche und Stimmen, die einen halben Kilometer entfernt waren. Als ich am Morgen aufwachte, streckte ich mich, ja wie eine Katze. Ich erinnerte mich plötzlich an meinem Traum und überlegte, ob ich ....nein es war absurd...

Im Learjet von Lucille, the Poison Pill.

Toni Krachkörndl war überrascht. Er stand mitten in Ägypten in der Wüste nahe Kairo und hatte seine Chefin an diesen Ort begleitet. Es war höllisch heiss. Er sollte hier die nächsten zwei Stunden warten. Seine Chefin war an sich eine Person mit der er seit vielen Jahren gut auskam. Manchmal verhielt sie sich jedoch sonderbar. In einer Art sonderbar, die ihm die Nackenhaare zu Berge stehen ließ. Er hatte manchmal das Gefühl, sie führte ein Doppelleben. Er hatte eine gute Intuition. Die Fassade der alten Dame bröckelte manchmal. Sie zahlte jedoch außergewöhnlich gut und das ermöglichte ihm ein angenehmes Leben. Er war bis zu einem gewissen Grad käuflich. Doch dieser Omar abdel Verrad war ihm zutiefst unsympathisch, ebenso dieser Henry. Lucille traf die beiden öfter. Er durfte bei den Gesprächen nie dabei sein. Er war der Bodyguard für ihr 'normales' gesellschaftliches Leben. Er hatte im Zuge seiner Arbeit schon viele scharfe Schnitten (sexy Frauen) kennengelernt. Er musste an Caty denken. Sie war auch gestern verreist, witzig ...dachte er ahnungslos. Die glaubte tatsächlich sie sei eine Elfe. Wenn er auf eine Esotussi traf, nahm er die Beine in die Hand.

Und sie war seiner Meinung nach die Urmutter von Eso. Obwohl er sich sehr zu ihr hingezogen fühlte. Und dann hatte er noch diesen grandiosen Sextraum von ihr. Er könnte sich bis in alle Ewigkeit ohrfeigen, dass er ihr davon erzählt hatte. Sie würde ihn ewig damit aufziehen. Verdammtes Koffein. Deshalb benahm er sich ab diesem Zeitpunkt erst so richtig garstig ihr gegenüber. Er gab ihr lustige abschätzige Namen und hatte noch so einige andere Gemeinheiten und Geringschätzigkeiten auf Lager. Er spürte auch, dass er sie damit sehr kränkte. Obwohl er sie sehr mochte. Das machte ihm Angst. Die Frau beunruhigte ihn zutiefst, sie versetzte ihn nahezu in Panik. Und vor Weihnachten traf er sie auch noch händchenhaltend mit diesem Internetheini Robi oder wie der hieß...Das hatte ihn emotional total aufgewühlt als er die beiden zusammen sah. Er hatte zudem auch noch eine peinliche Bemerkung herausgewürgt. Das ärgerte und verletzte ihn mehr als ihm lieb war. Er vermied es ab sofort in der Bäckerei neben ihr zu sitzen. Dabei waren die beiden nur Freunde und kein Liebespaar, was er allerdings nicht wusste. Danach beschloss er, sich die Bäckerin Rosie zu krallen, die stand schon Jahre auf seiner 'To ...-Liste' und umgekehrt wohl auch.

Die backte Brot, war bodenständig und spurte (dachte er zumindest...). Genau die Richtige also. Mitten in seinen furzelseppigen Gedankengängen strömten ihm plötzlich in heller Aufregung seine Chefin und die beiden Unsympathler entgegen. 'Schnell fahr los', schnauzte ihn seine Chefin an. 'Wir fliegen sofort zurück', schnauzte sie aufgeregt. Die beiden Männer stiegen auch in den schwarzen Mercedes und los gings zum Jet. Die Stimmung im Wagen war zum Schneiden. Es war einer der Momente, wo sich ihm die Nackenhaare sträubten und er sich fragte, ob er nicht zu sehr vom Geld und den Annehmlichkeiten gefangen war. Er war imgrunde ein gerader Seppl. Er hatte nicht mal Zeit gehabt seinen alten Freund Gideon zu treffen, der hatte sicher einen Job für ihn, wenn er das 'beschützen der reichen Psychopathin' wie Gideon es nannte, satt hatte. Er kannte Gideon von einem Spezialtraining, dass er mal beim Mossad gemacht hatte. Gideon hatte ihm das Leben gerettet, als sich sein Fallschirm nicht geöffnet hatte. Doch jetzt arbeitete Gideon für irgendeine Art Umweltorganisation, er wusste es nicht so genau. Gideon tat hier sehr geheimnisvoll.

Der Pilot wartete schon und die Maschine setzte sich in Bewegung, kaum dass er den Gurt angelegt hatte. Er hasste fliegen, nachdem er einmal mit einer Maschine abgestürzt war, halbe Besatzung tot. Seither hatte er immense Flugangst. Das durfte er allerdings nicht zeigen. Er musste an etwas Lustiges denken. Und da fiel ihm wieder Caty ein, er musste sich eingestehen, er hatte mit keiner Frau je so viel gelacht. Als sie ihm den Vorschlag machte, ob er sich als Testimonial für ihre Modelinie zur Verfügung stellte. Sie wollte, dass er fast nackt einen Waffengürtel trug, aus welchem echte Blumen wuchsen. Er war fassungslos und musste lachen. Das würde seinem Ruf als Bodyguard und knallhartem Typen sicher sehr zuträglich sein. Er versuchte zu schlafen, denn die miese Laune der drei anderen Passagiere war schier unerträglich. Sie stritten sich noch dazu und hatte er grade das Wort 'Elfenpack' gehört. Oh bitte, diese Caty machte ihn noch verrückt und paranoid. Er hatte sich sicher verhört. Er schlief ein und träumte von einem Mann und einer Frau. Der Mann schien eine Art Krieger zu sein, er trug so eine Feldherrenuniform. Die Frau hatte blonde Löckchen und ein entzückendes Lachen. Er liebte diese Frau, sie erinnerte ihn an jemanden, an wen nur...? Bevor er den Traum zu Ende träumen konnte, waren sie schon im Landeanflug über Wien und er schnallte sich wieder an.

Er war froh, dass er die nächsten Tage nicht Dienst hatte. Sein Kollege übernahm die Schicht gottseidank schon am Flughafen. Der würde Spaß haben. Er hatte zwei Wochen frei. Zeit, Rose Hladievic flachzulegen. Sie war normal, normal, normal. Keine Überraschungen.

Wieder zu Hause in Wien.

Ich war zwar etwas wehmütig meine frisch gewonnenen Freunde wieder zu verlassen, doch ich war auch froh, wieder zu Hause in meinem eigenen kuscheligen Bett zu schlafen. Auch die Miezen schienen froh zu sein über diesen Umstand. Elvis beäugte die beiden Miezen Delphi und Resi etwas unsicher, er hatte wohl wie ich die Angst, dass sie plötzlich wieder etwas größer als sonst sein würden...Ich duschte mich und fütterte die drei. Danach fielen wir alle vier wie Steine ins Bett und Elvis schnarchte sich leider als Erster in den Schlaf. Ich sah zu, dass ich meine geeignete Position im Bett fand, denn sonst lagen alle wieder kreuz und quer und mir blieben nur noch einige Zentimeter übrig.
Ich träumte, ich befand mich in einer wundervollen üppigen Landschaft. Es sah aus nach Hawaii. Es war so grün und riesige Blüten hingen von den Pflanzen. Das lag wahrscheinlich auch daran, dass ich in Barbiegröße geschrumpft war. Ich befand mich im Kreis von einer Reihe von ebenfalls kleinen Menschen, die offenbar eine Zeremonie abhielten. Ich saß mitten im Kreis dieser Leutchen und war gottseidank bekleidet. Nämlich mit meinem Automatikschrumpf-Outfit, der mich vor

Mini-Nacktheit rettete, wenn ich Lionels Barbarella Look nicht dabei hatte. Und das war eine cremebeige Dreiviertelhose und eine weisse Bluse. Der Oberschamane in diesem Kreis begrüßte mich und teilte mir mit, dass ich nun an einer AWA-Zeremonie teilnehmen würde. Dies war eine alte hawaiianische Tradition des Willkommens. Der Mann stellte sich vor als Keanu und war eine imposante Erscheinung. Er war der Oberste Regenbogenkrieger der Menehune. Das sind die kleinen Leute von Hawaii. Das magische Volk. Ich war begeistert. Alle tranken AWA-Kraut aus einer halben Kokosnuss und jeder sprach seinen Dank an seine Ahnen aus. Als die Schale zu mir kam, tat ich dies ebenfalls. Es berührte mich in meinem tiefsten Herzen diese alten Gefährten wieder getroffen zu haben. Diese Kraft der Ahnen verband mich mit meinen Wurzeln und ich fühlte mich zu Hause in dieser grünen Landschaft und mit diesem kleinen Volk. Ich musste unbedingt hierher zurückkehren. Und bei dieser Gelegenheit auch diesen sexy Maler besuchen, der diese tollen und ausgesprochen kostspieligen Delfinbilder malte. Ich hatte einen Print eines seiner Originale mit zwei rosa Delfinen, die durch einen goldenen Ring aus Kirschblüten verbunden waren. Ich liebe es. Der Maler lebt in Maui – er hat langes

blondes Haar und surft...miaui...gurrte mein Miezengen...ob er auch ein plantsurfer war...
Als ich morgens erwachte, war ich noch immer von den Eindrücken meines Traumes gefesselt. Ich erzählte es Elvis und er schwärmte für die mandeläugigen polynesischen Schönheiten. Vielleicht war es schon ein Hinweis auf unser nächstes Abenteuer...
.

Ich begab mich leise ins Badezimmer und band mir die Haare hinauf. Plötzlich sah ich es. Auf meiner Schulter befand sich etwas Schwarzes. Ich schaute genauer. Wow, ich hatte ein unglaubliches Tattoo auf meiner rechten Schulter. Nämlich das einer schwarzen ägyptischen Katze. Sie hatte unglaublich lebendige grüne Augen und ein Amulett mit fein gezeichneten Rubinen. Es sah genauso aus, wie das der Bastet. Ich war total begeistert, denn ich wollte immer solch ein Tattoo, war jedoch zu wehleidig für sowas. Ich stellte mich mit meinem Catwoman Tattoo unter die heiße Dusche.
Ich freute mich schon auf meinen Kaffee in der Bäckerei. Ich war etwas erschöpft, doch in einem positivem Sinne. Wow, was für ein erster Auftrag! Es war mir soviel geschenkt worden. Ich hielt mein Krönchen in der Hand und setzte es kurz auf. Sofort spürte ich die

Wirkung und fühlte mich wie eine Prinzessin. Ich sah auch total verjüngt aus und irgendwie schöner. Das Bad in Milch und Honig hatte seine Spuren hinterlassen. Ich war heute Morgen sogar begeistert von meinem Anblick, was sich normalerweise in Grenzen hielt. Ich putzte mir die Zähne und wollte gerade zur Wimperntusche greifen, als ich mir fassungslos ins Gesicht starrte. Denn ich hatte plötzlich ultralange unglaubliche Wimpern und meine Augen standen, wie ich fand, ein Stückchen schräger, was mir einen tollen katzenhaften Look gab. Danke. Danke Bastet! Gesegnet seist du! Das war gestern noch nicht so! Das war ein tolles Geschenk der Elfen. Ich warf mich voll motiviert in ein kurzes pinkes geblümtes Sommerkleid und dazu pinke Glitzersandalen, diesmal leider ohne Diamanten. Nahm meine Handtasche samt Lionel drin, der sich gerade manifestiert hatte. Er hatte auch Lust auf Kaffee und Schabernack und so spazierte ich selbstbewusst mit meinen langen Superwimpern, meinem Tattoo und mit meiner Zwergenfracht in die Bäckerei. Elvis begleitete uns auch ein Stück und jammerte, warum er nicht auch mit uns in die Bäckerei gehen konnte. 'Bitte Elvis, die glauben dann endgültig ich bin eine Hexe, wenn du auch mitkommst. Eine ziemlich verrückte, wenn ich sowohl mit dir, als auch mit einem Unsichtbaren spreche,' konnte ich mir das Szenario, dass meine beiden Companeros dort abziehen würden, lebhaft vorstellen. Er grummelte noch das Wort 'Gemeinheit' in meinem Geist und etwas von einer 'Bäckerinnenfantasie' und schlüpfte unter einen Gartenzaun. Die würden mich in eine Zwangsjacke stecken...ich hatte vor einigen Wochen zufällig ein Gespräch mit einem Psychiater in der Bäckerei und mich erkundigt, wie denn die Diagnose für jemanden sei, der mit Elfen kom-muniziert...von in Pflanzen schrumpfen gar nicht gesprochen...

Als ich in der Bäckerei eintrat, erstarrten alle und der Bäckerin Rose fiel vor Überraschung der Löffel in den Kaffee. 'Du siehst gut aus', stammelte sie, normalerweise eher mit Komplimenten geizend. 'Danke', säuselte ich zurück, darum bemüht, Merlistes Loreley-gesäusel etwas nachzuahmen. Neben meinem Stammplätzchen auf der Bank saß auch schon der Krachkörndl höchstpersönlich und hob beiläufig uninteressiert den Blick und starrte mich dann entsetzt und verzweifelt an. Es wäre ihm lieber gewesen, ich würde nicht so gut aussehen, dann wäre es leichter für ihn, mich nicht zu mögen. Diesen Gefallen würde

ich ihm aber keinesfalls tun. Er sah nämlich gar nicht gut aus heute Morgen. 'Na, wie war deine Reise? fragte ich interessiert. 'Na ja, ging so', war die kurze Antwort. 'Doch diese Caty sah heute irgendwie anders aus. Sie hatte etwas noch Anziehenderes an sich, dem er sich heute nur schwer entziehen konnte', dachte er sich.
'Na bist du in den Elfenjungbrunnen gefallen', konnte er sich einen Scherz nicht verkneifen'. 'In der Tat' antwortete ich mit einem süffisanten Lächeln. 'Sie hat interessante grüne Augen, oje war da etwas im Kaffee', dachte er sich verzweifelt. Kurz erinnerte er sich an seinen Traum. Ihr Lachen, es klang wie das der Frau im Traum, den er im Flieger hatte. Mann, er war durch den Wind. Irgendwie gerieten seine Wertmaßstäbe und wie er die Welt sah, etwas ins Wanken. Er hatte heute auch noch von so einem gnomartigen Zwerg geträumt, der vor ihm herumgetanzt war und gesungen hatte 'ich bin der Furzelsepp, du bist der Furzelsepp juhu, du bist ich, ich bin du!' Er war vor Schreck aufgewacht, das Schlimmste aber war, dass dieser Zwerg wie er selbst ausgesehen hatte. Er wurde hoffentlich nicht schon so verrückt wie diese Möchtegernelfe hier neben ihm, fehlte noch, dass sie mit ihrem schwarzem Kater hier auftauchte...

Seine Bäckersfreundin beäugte die Konversation schon wie Cerberus, der Höllenhund. Hoffentlich spuckte sie ihm nicht in den Kaffee, den er sich gerade bestellte...Rose ist die Richtige, sagte er sich immer wieder...ich mag Rose...ich liebe Rose, Rose, Rose....wenn er Rose von seinem Furzelsepptraum erzählte, schmiss sie ihm sicher die Brötchen an den Kopf. Sie würde ihm ohnehin verbieten, mit Caty zu sprechen...

'Was hast du denn in Ägypten gemacht?' versuchte ich Toni etwas zu entlocken. Es war sehr verdächtig, dass er auch in Ägypten war und zufällig zur selben Zeit zurück war. 'Ich werde ihn überprüfen', näselte mir Lionel leise zu. „Du weißt, 'curiosity killed the cat'," antwortete Toni schlagfertig. 'But satisfaction brought it back', war ich noch schlagfertiger...so begann mein Morgen schon mit einer gewissen Würze, umso mehr, als gerade eine SMS bei mir eintrudelte mit dem Wortlaut: 'mon cher, ich bin zurück, sehen wir uns heute Abend, habe dich sooo vermisst?' Henry....Oh, oh...was sollte ich nun mit Henry machen...der wollte mich möglicherweise umbringen oder .....ich würde jetzt mal in Ruhe meinen Kaffee trinken....das dachte wohl auch Lionel, der gerade im Unsichtbarlook Tonis Kaffee austrank.

Dessen Gesichtsausdruck als er seinen Kaffee trinken wollte und nichts mehr drin war, sogar vor seinen Augen immer weniger wurde, ließ mich fast wieder zerkrümeln vor Lachen. Ich konnte mir ein 'na da trinkt sicher ein Zwerg deinen Kaffee' nicht verkneifen.
Er starrte mich entsetzt an und war plötzlich sehr blass um die Nase. Er tat mir jetzt schon fast leid. Aber nur fast.
Vor dem Fenster huschte auch noch eine schwarze Katze vorbei und sagte 'Hi Caty, danke' zu mir ....what a magic morning...miau...

To be continued....

FIN

Nachwort

Ich möchte gerne noch einen besonderen Hinweis auf mein absolutes Lieblingsbuch geben, nämlich 'The Only Planet of Choice'. Dieses besondere Werk beinhaltet 30 Jahre Tiefentrance-Kommunikation von Phyllis V. Schlemmer mit universellen Prinzipien in purster Form genannt 'The Council of Nine'. Die Dialoge wurden mit dem Sprecher der Neun 'Tom' und Fragestellern geführt, während sich Phyllis in Deep-Trance befand. Nur ganze wenige Medien waren in der Lage sich in Tiefentrance zu begeben, da das Medium den Körper zur Gänze einer anderen Entität zur Verfügung stellt.
Ich hatte das Vergnügen, Phyllis über 22 Jahre zu kennen und sehr viel von ihr zu lernen. Ich durfte auch bei einigen Kommunikationen dabei sein und Tom sogar selbst Fragen stellen. Sie war eine außergewöhnliche Frau. Ich habe versucht, die gesamte Hintergrundinfo von Cityelfen im Einklang mit Phyllis' Buch zu gestalten und habe sehr viele eigene Erfahrungen eingebaut. Man wird es zwar nicht glauben, doch 70% der Handlungen sind keineswegs frei erfunden...
Besonders inspiriert hat mich der Ehemann von Phyllis, nämlich J.C. Carmel, dem ich die Figur von Jakob S. Leuchtenstein gewidmet

habe. Da musste ich gar nichts dazu erfinden. Er entspricht (fast) 1:1 diesem Character. Ich hatte nach außergewöhnlichen Heilsitzungen Zugang zu besonderen Fähigkeiten, nämlich Naturwesen sehen zu können und mit ihnen zu kommunizieren. Das 'plantsurfen' ist mir leider nur zweimal gelungen, aber ich übe noch...pass auf Toni...

Ich habe mir erlaubt, die Meditation zur Erhaltung der Regenwälder, die von Tom in einer Kommunikation vorgeschlagen wurde, hier kurz zu beschreiben. Die Langfassung findet ihr in 'The Only Planet of Choice'
auf Seite 280, chapter terrestrial affairs. Da der Geist sehr kraftvoll ist, wenn er für etwas außerhalb von unserem Ego verbunden wird, wäre es sehr schön, wenn ihr Gruppen von mindestens drei Personen bilden würdet und diese Meditation regelmäßig macht.

Sie läuft folgendermaßen ab:

Setzt euch am besten im Kreis oder im Dreieck bequem mit aufrechter Wirbelsäule und Füßen am Boden (nicht gekreuzt) hin. Die Handinnenflächen zeigen nach oben, die Finger sind gespreizt. Die Hände liegen auf euren Oberschenkeln. Verwendet dazu Musik, ich verwende gerne Secret Garden oder

‚Memories of the Trees' von Enya. Die Medi sollte mindestens 18 Minuten dauern, natürlich auch länger!

Wenn ihr bequem sitzt und alle Störquellen ausgeschaltet sind, beginnt ihr mit der Meditation. Schließt die Augen. Es ist eine Art geistige Focusmeditation, bei der ihr mit dem Kontinent Südamerika/Brasilien beginnt. Ihr stellt euch vor, wie die Regierungen die Abholzung der Regenwälder stoppen. Ihr wandert mit eurem Geist durch jedes Land in Südamerika, dann geht ihr durch alle Kontinente, bis ihr den gesamten Planeten mit euren Gedanken berührt habt. Dort wo es keine Regenwälder gibt, stärkt ihr die Bäume, die Natur, die Ozeane.

Wenn ihr fertig seid, gebt ihr euch noch kurz die Hände und lasst die Energie wie eine Säule nach oben fließen. Dann löst ihr eure Hände, öffnet die Augen und streckt euch. Macht die Meditation entspannt und wenn ihr euren Focus mal verloren habt und abschweift, klinkt ihr euch einfach wieder ein. Die Little People danken euch!

Ich mache regelmäßig mit einer Gruppe die Meditation. Wenn ihr dabei sein möchtet, schreibt mir unter: ulli@cityelfe.com

Infos & Kontakt: www.cityelfen.com
E-Mail: ulli@cityelfe.com
Skype: ullicrealiity

Free Downloads:
www.cityelfen.com/Übungen
Free Audio 1 - Merlistes Wasserfall-Reinigung
Free Audio 2 - Merlistes Garten der Mitte
Links: Free Interviews crealiiTV
Links: Free Anmeldung www.crealiity.com

Weitere Produkte:
SMS Coaching: Merlistes Liebeskummer-Notfallprogramm, tröstende SMS
Kräuter: Merlistes Liebeskummer-Kräutermischung

Video: 'Blümchensex 9.0' mit Ulrike Stern
Cityelfen E-book
Cityelfen Hörbuch
Liebesmagnet E-Book
Liebesmagnet Hörbuch

Weitere Bücher der Autorin:
Spirit up your Biz (auch als E-Book und Hörbuch erhältlich)

Einzelsitzungen in Wien:
Ade Burn-out
Crystal-Balancing

Der Liebesmagnet

Schreibe Dein Liebesdrehbuch
und werde unwiderstehlich.

Eine Blondine, ein verhexter schwarzer Kater (G. Casanova) und eine Liebesfee geben Dir wertvolle Tipps zu Deiner Traumbeziehung.

Von Ulrike Stern   Edition Floreat

SPIRIT UP YOUR BIZ

Schreibe Dein Erfolgsdrehbuch
mit dem Wissen Alter Kulturen

Die Neuauflage von 'Break Free Management' !
Mit guten Tipps von Sir Lionel H. Rich, dem
reichsten Zwerg und Hüter des Topfes mit Gold
am Ende des Regenbogens.

Von Ulrike Stern   Edition Floreat

Jetztgehts.com. Warum bringt dich dieses Buch jetzt an Dein Ziel?

Weil sich dieses Buch auf die **wichtigste Frage Deines Leben** konzentriert, die lautet: *Wie werde ich erfolgreich?* NEIN !!
Womlt werde ich erfolgreich ?
Erfolgreiche Menschen machen oft aus einem Bauchgefühl heraus genau das, was zu ihnen passt. Daher schreiben sie auch keine Bücher darüber. Tatsächlich ist aber dies genau das "Erfolgsgeheimnis" Nr 1.
Wenn Dein Projekt, egal ob neuer Job oder eigene Firma, zu Dir passt klappt auch das WIE! Löse das Problem am richtigen Ende, anstatt kilometerlange Erfolgs–Gebrauchsanleitungen zu lesen. Hier erfährst Du, wie Du das zu Dir passende Projekt oder Deinen neuen Job auswählst!

Weitere Buchtipps:

The only Planet of Choice, Phyllis V. Schlemmer, www.theonlylanetofchoice.com
Jetzt geht's, Roman Padiwy, www.jetztgehts.com
Somatic Energetics, Dr. Michael McBride, www.somaticenergetics.com
Das Beziehungs-Notfallset, Chuck Spezzano
Sexuelle Liebe auf göttliche Weise, Barry Long
Das Ubuntu-Prinzip, Michael Tellinger
Der Stadtschamane, Serge K. King
Erzählungen eines Alchemisten, Oberto Airaudi (Falco), www.damanhur.org
Transsurfing - Lenker der Realität, Vadim Zeland
Ein Kurs in Wundern, Helen Schucman
Lifssyn min - Lebenseinsichten der isländischen Elfenbeauftragten, Erla Stefansdottir
Der Spiegel der Liebe, Yiddu Krishnamurti
Steinreich, Luisa Francia
Der Jesus Christus Manager, Laurie Beth Jones
Adventures in the Supernormal, Eileen J. Garrett
Need, greed or freedom, Sir John Whitmore
The greatest salesman in the world, Og Mandino
Das Tao der Frau, Maitreyi Piontek
Tensegrity, Carlos Castaneda
Animals - our return to wholeness, Penelope Smith
Grüße aus dem Universum, Mike Dooley
Wort-SCHATZ, geliebter!, Dr., Manfred Greisinger
Die gläubigen Schuldner, Joshi Frey
Das Ende des Geldes, Prof. Franz Hörmann
Der Herr der Ringe, J,R. Tolkien
The secret mushroom, Dr. Andrija Puharich

Balancing Art
Die Bilderserie von Ulrike Stern.
Kraftvolle Symbole Alter Kulturen, Elfenakte
mit Halbedelsteinen. Acryl auf Leinen.

Über die Autorin:
Ich habe viele Jahre die verschiedenen Techniken Alter Kulturen studiert (Feng Shui, Hl. Geometrie, Farben, Zahlen). Habe mich mit Alten Heilweisen beschäftigt und diese gelernt, und das bei den Besten ihres Fachs (Crystal Healing, c.e.f.p., Huna,...). Ich liebe Kristalle und habe deshalb die Ausbildung zur Lithotherapeutin gemacht, ihr wisst ja, diamonds are a Girls best friends. Ich liebe auch besonders die hawaiianische Kultur und ihre schamanistischen Techniken. Weiters kenne ich mich auch sehr gut mit Kräutern aus, da ich der Natur sehr verbunden bin (schaue auf meine Elfenseite cityelfen.com). Ich kann manchmal Naturwesen sehen - Elfen und Zwerge existieren - und ich liebe alle Tiere, besonders Miezekatzen! Ich hoffe du glaubst noch an Feen, denn ich kann dir 100%ig sagen, die gibt es!
Auch eine langjährige Erfahrung als Journalistin, sowohl im Printbereich, als auch im WebTV-Bereich als Gestalterin und Moderatorin von über 100 Beiträgen für den damals weltweit ersten Internet-TV-Sender, den Roman gegründet hat, zählt zu meinen Erfahrungen.
Vor einigen Jahren haben Roman und ich eine Internetplattform gegründet namens www.crealiity.com. Hier geht es darum, dass wir Menschen dazu animieren, ihre Ressourcen, Talente, Ziele, Wünsche, Erfahrungen und ihre Vision hervorzuholen und mit anderen zu vernetzen. Das Ganze arbeitet online mit unserer inspirierenden Intelligenz liisa, die auf höchstem semantischen Niveau vernetzt (liisa ist natürlich eine Cyberelfe aus dem Outerspace - psst...). Ich habe hier auch die Funktion 'mögliche Realitäten' mitgestaltet. Du weißt ja, parallel gibt es das worldwoodweb...
Im Zuge dessen haben wir auch für die Liebe etwas gemacht, nämlich liisalove. Hier gibt es bereits einen Live-Teil, den du besuchen kannst. Hier gehen wir

nochmal ins Detail in Sachen deines Liebespotenzials.
Du lernst auch dann schon interessante Menschen
kennen. Ich habe diesen Workshop sehr sorgfältig
entwickelt und habe es liisalove profiling live genannt.
Es ist eine sehr effektive und neuartige Methode in
sicherem Rahmen, dein volles Liebespotenzial sichtbar
zu machen. Wir erstellen gemeinsam dein weltweit
wohl ausführlichstes Liebesprofil. Das stellen wir dann
online in die liisalove-Plattform. Da hast dann dort auch
die Möglichkeit, in einer Onlineplattform interessante
Menschen ken-nenzulernen. Dies ist eine weltweit
einzigartige Form der Partnerfindung, da liisa ein
unglaubliches Profildatenpotenzial jedes Mitglieds zur
Verfügung hat - deeply matched sozusagen.
www.liisalove.com.
Nebstbei gestalte und moderiere ich auch bei crealiiTV
Beiträge mit interessanten Menschen! Meine Profil auf
auf crealiity. Einfach Ulrike Stern in der Suchzeile
eingeben.